まじっく快斗1412②

浜崎達也／著
青山剛昌／原作　大野敏哉・岡田邦彦／脚本

★小学館ジュニア文庫★

登場人物《とうじょうじんぶつ》

黒羽快斗《くろばかいと》　マジックが得意《とくい》な高校生《こうこうせい》。怪盗《かいとう》キッドとなってビッグジュエルを狙《ねら》う！

中森青子《なかもりあおこ》　快斗《かいと》の幼《おさな》なじみ。怪盗《かいとう》キッドが嫌《きら》い。

中森銀三《なかもりぎんぞう》　警視庁捜査二課警部《けいしちょうそうさにかけいぶ》。青子《あおこ》の父《ちち》。

寺井黄之助《ジイこうのすけ》　怪盗《かいとう》キッドの助手《じょしゅ》をつとめる老人《ろうじん》。

黒羽盗一《くろばとういち》　快斗《かいと》の父《ちち》で世界的《せかいてき》マジシャン。８年前《ねんまえ》に事故死《じこし》。怪《かい》盗《とう》キッド（初代《しょだい》）。

あのお方《かた》　謎《なぞ》の〝組織《そしき》〟のボス？　命《いのち》の石《いし》〈パンドラ〉と不老《ふろう》不死《ふし》をもとめる。

小泉紅子《こいずみあかこ》　男子《だんし》に人気《にんき》の転校生《てんこうせい》。その正体《しょうたい》は、なんと……！

工藤新一《くどうしんいち》　高校生探偵《こうこうせいたんてい》。

世界中《せかいじゅう》にちらばる大粒《おおつぶ》の宝石《ほうせき》——ビッグジュエル。
それらのなかに、たったひとつだけ、ふしぎなチカラをひめた石《いし》があるという。

——命《いのち》の石《いし》を満月《まんげつ》にささげよ。さすれば涙《なみだ》を流《なが》さん。

伝説《でんせつ》によれば。
チカラをひめたビッグジュエルを満月《まんげつ》にかざすと、宝石《ほうせき》が涙《なみだ》を流《なが》す。
その涙《なみだ》を飲《の》んだ者《もの》は、不老不死《ふろうふし》——永遠《えいえん》の命《いのち》を手《て》に入《い》れることができるのだ、と。

それこそが命《いのち》の石《いし》〈パンドラ〉。

8年前《ねんまえ》の、父《ちち》の死《し》の真実《しんじつ》は？
怪盗《かいとう》キッドこと黒羽快斗《くろばかいと》と、謎《なぞ》の〝組織《そしき》〟との、ビッグジュエルをめぐる争奪戦《そうだつせん》がはじまった……！

第《だい》1話《わ》　緋《ひ》色《いろ》の誘惑《ゆうわく》

1

夜《よる》の風《かぜ》をつかみ、ハンググライダーが地面《じめん》におりた。

音《おと》もなく。

月明《つきあ》かりに手《て》をかざした人影《ひとかげ》は、ふっ、とため息《いき》をついた。

「くそっ……この石《いし》も、ちがったか」

手《て》にしたビッグジュエルは、望《のぞ》んだ色《いろ》には輝《かがや》かなかった。

(また、かえしておかないとな……)

盗《ぬす》んだばかりの宝石《ほうせき》を持《も》ち主《ぬし》にもどすことを考《かんが》えると、つぎに彼《かれ》は、自身《じしん》を月《つき》にさらした。

白《しろ》いマント。

白《しろ》いシルクハット、右目《みぎめ》には片眼鏡《モノクル》——怪盗《かいとう》キッドこと黒羽快斗《くろばかいと》の、夜《よる》の正装《せいそう》だ。

＊

黒羽家《くろばけ》、快斗《かいと》の自宅《じたく》。

壁《かべ》にかけられた、亡《な》き父《ちち》の肖像《しょうぞう》を写《うつ》した等身大《とうしんだい》パネルを押《お》すと、どんでんがえしを通《とお》って秘密《ひみつ》の地下室《ちかしつ》におりる。

「ただいま、親父《おやじ》」

地下室《ちかしつ》の照明《しょうめい》をつけると、ジュークボックスが作動《さどう》した。

レコードに録音《ろくおん》された父《ちち》の声《こえ》が流《なが》れはじめる。

『——いいか快斗《かいと》、よく聞《き》け』

「はいはい、聞《き》いてるよ親父《おやじ》」

快斗《かいと》は、いつものように返事《へんじ》をした。

世界的《せかいてき》マジシャンだった父《ちち》・黒羽盗一《くろばとういち》は、8年前《ねんまえ》、快斗《かいと》が小学生《しょうがくせい》のとき、ショーのさなかにおきた事故《じこ》で亡《な》くなった。

あまり記憶《きおく》がない父《ちち》と、こうして録音《ろくおん》とはいえ言葉《ことば》をかわすことは、とても意味《いみ》のあることだった。

『マジックと魔法《まほう》は、英語《えいご》ではどちらもＭＡＧＩＣ《マジック》というが、まったくちがうものだ』

「マホウ……？」

手品《てじな》と、魔法《まほう》。

『そのちがい、おまえにわかるかな……？』

再生《さいせい》がおわり、レコードが盤面《ばんめん》から外《はず》された。

MAGIC《マジック》

はるか古代《こだい》から、国《くに》を支配《しはい》する王《おう》は、自分《じぶん》が特別《とくべつ》で、ふしぎなチカラをもっていることを、民《たみ》にしめす必要《ひつよう》があった。

チカラとは〝奇跡《きせき》〟をおこすもの。

そのための手段《しゅだん》が、占星術《せんせいじゅつ》や魔術《まじゅつ》、そして奇術《きじゅつ》——手品《てじな》だった。

人《ひと》をこえた神《かみ》のチカラ。

中世《ちゅうせい》のヨーロッパでは、手品《てじな》は現代《げんだい》のようなエンターテインメントではなく、文字《もじ》どおり神《かみ》の技《わざ》として権力者《けんりょくしゃ》のために利用《りよう》されていた。

マジックは神《かみ》のチカラだ。

だから自分《じぶん》は奇跡《きせき》をおこせると主張《しゅちょう》したい者《もの》——王《おう》、聖職者《せいしょくしゃ》や錬金術師《れんきんじゅつし》のなかには、手《て》品《じな》をもちいて民衆《みんしゅう》をあざむき、みずからをあがめさせた者《もの》もいたという。また、ときには手品《てじな》で敵《てき》をおとしいれたりもした。

むかし、手品《てじな》は魔法《まほう》であり、人《ひと》をダマすための技《わざ》だった。

もっとも一流《いちりゅう》のマジシャンだった父《ちち》がいいたかったことは、そうした歴史《れきし》のお勉強《べんきょう》のことではないだろう。

ジュークボックスにレコードがおさめられると、衣装《いしょう》ケースがひらいた。

怪盗《かいとう》キッドは衣装《いしょう》をぬいで、高校生《こうこうせい》・黒羽快斗《くろばかいと》の姿《すがた》にもどる。

「親父《おやじ》……この世《よ》に魔法《まほう》なんて、あるわけないだろ？」

むかし、魔法《まほう》とか魔術《まじゅつ》とか呼《よ》ばれていたものは、すべてトリックだったのだ。

快斗《かいと》は、そう思《おも》っていた。このときは、まだ……。

2

夜《よる》よりも暗《くら》い闇《やみ》がある。
その漆黒《しっこく》の底《そこ》から、問《と》いかける声《こえ》がひびいた。

——鏡《かがみ》よ、鏡《かがみ》よ、鏡《かがみ》さん？　世界《せかい》でいちばん美《うつく》しいのは……だぁれ？

姿見《かがみ》の前《まえ》に、女《おんな》が立《た》っていた。
つややかな長《なが》い黒髪《くろかみ》。すらりとのびた細《ほそ》い手脚《てあし》。
大人《おとな》びた印象《いんしょう》だが、貌《かお》は、まだ少女《しょうじょ》といっていいほどの年齢《ねんれい》だ。
知性《ちせい》と、愁《うれ》いと、なによりも自信《じしん》にあふれた瞳《ひとみ》。
姿見《かがみ》は、期待《きたい》された答《こた》えをかえした。
「それは紅子《あかこ》さまでございます。世界中《せかいじゅう》の男《おとこ》はみんな、紅子《あかこ》さまの虜《とりこ》……」

「ほほほ……」

少女《しょうじょ》は満足《まんぞく》げに笑《え》んだ。

「たったひとりをのぞいては」

「⁉」

姿見《かがみ》がつけくわえたひと言《こと》で、少女《しょうじょ》から笑顔《えがお》がうせた。

たちまち、するどい刃物《はもの》のような怒気《どき》をはらむ。少女《しょうじょ》がヒステリックに手鏡《てかがみ》を投《な》げつけると、姿見《かがみ》にヒビが入《はい》った。

「あら……それは、どなたですの？」

声《こえ》がふるえる。自分《じぶん》の虜《とりこ》にならない男《おとこ》が、世界《せかい》にひとりだけいる……？

姿見《かがみ》と話《はな》す少女《しょうじょ》は信《しん》じていた。

魔法《まほう》を。

みずからの超常《ちょうじょう》のチカラを。だから自分《じぶん》の魔法《まほう》——魔術《まじゅつ》による鏡《かがみ》の予言《よげん》を、うたがうはずがなかった。

「それは……」

割《わ》れた姿見《かがみ》に、人影《ひとかげ》がうかびあがる。少女《しょうじょ》は身《み》をのりだした。

ギンッ

闇《やみ》を切《き》り裂《さ》き、彼《かれ》の輪郭《りんかく》があらわになった。

銀《ぎん》の月《つき》は、さやかに。

マントが白《しろ》くひるがえった。


「…………！」

少女《しょうじょ》は知《し》っていた。

それは近《ちか》ごろ、あらゆるメディアをさわがせていた男《おとこ》だ。

たとえ興味《きょうみ》はなくても、いやでも彼《かれ》の姿《すがた》は、毎日《まいにち》のように目《め》に入《はい》ってくるから。

「怪盗《かいとう》キッド……!?」

3

江古田高校《えこだこうこう》、昇降口《しょうこうぐち》。

「ねぇ快斗《かいと》ぉ？　甘《あま》いもの、ほしくない？」

中森青子《なかもりあおこ》は、そわそわしながら、登校《とうこう》してきた男子《だんし》にそれとなく話《はな》しかけた。

「甘《あま》いものだぁ？」

快斗《かいと》が首《くび》をひねる。

ふたりは幼《おさな》なじみ。小《ちい》さいころ青子《あおこ》の一家《いっか》が引《ひ》っ越《こ》してきてから、ずっと、おとなりさんだ。

「そう、たとえばぁ……チョコレートとか？」

「あ？　チョコ？」快斗《かいと》は、とたんに不機嫌《ふきげん》になった。「青子《あおこ》、おまえわすれたのか？　この前《まえ》、オレが虫歯《むしば》のとき……」

先日《せんじつ》、快斗《かいと》は虫歯《むしば》で顔《かお》が腫《は》れてしまった。

痛《いた》みに苦《くる》しんでいると、青子《あおこ》がいきなり背中《せなか》におぶさってきて、頬《ほお》をひっぱったのだ。

――やーい！　おたふく、おたふく、ヘンな顔《かお》！

あのときは激痛《げきつう》のあまり、快斗《かいと》は気《き》をうしないかけた。

「……って、笑《わら》ってたよな！　またオレを虫歯《むしば》にする気《き》だろ！　そんな手《て》にのるかよバーロー！　ケケケ」

「なにいってんの……？　今日《きょう》は2月《がつ》の14日《か》よ！　バ・レ・ン・タ・イ・ン」

青子《あおこ》は、あたりを見《み》まわした。

あっちでも、こっちでも女子《じょし》が男子《だんし》にプレゼントをわたしている。なにやら意味深《いみしん》に、おたがい顔《かお》を赤《あか》らめて。

説明不要《せつめいふよう》。

2月《がつ》14日《か》は、一般的《いっぱんてき》に、女子《じょし》が意中《いちゅう》の男子《だんし》にチョコをそえて告白《こくはく》する日《ひ》だ。もちろん義理《ぎり》チョコとか、いろいろ個別《こべつ》の事情《じじょう》はあるけれど。

青子《あおこ》はカバンに手《て》をつっこんだ。

青《あお》い包装紙《ほうそうし》の箱《はこ》――チョコレート。

「どーせ快斗《かいと》は、だれにも、もらえないんだから……はい！　かわいそうだから青子《あおこ》があげるのよ……？　今日《きょう》はロマンチックなホワイトバレンタインになるかも……って、あれ？　快斗《かいと》？」

「快斗《かいと》くんなら、ニヤニヤしながら走《はし》ってったわよ」

いつの間《ま》にか、青子《あおこ》の前《まえ》から快斗《かいと》は消《き》えていた。そこにいたのは親友《しんゆう》の桃井恵子《ももいけいこ》だ。

ふたりは教室《きょうしつ》に歩《ある》いた。

「そのチョコ、快斗《かいと》くんにあげるんでしょ？　このこのぉ」

なにしろ青子《あおこ》と快斗《かいと》は、クラスでは公認《こうにん》のカップルを通《とお》りこして夫婦《ふうふ》あつかい。

実際《じっさい》、快斗《かいと》はひとり暮《ぐ》らしで、夕食《ゆうしょく》は青子《あおこ》の家《いえ》でごやっかいになることが多《おお》い。恵子《けいこ》などは、快斗《かいと》を「青子《あおこ》の旦那《だんな》」呼《よ》ばわりしている。

「だっ……だれが、あんなヤツに！」

青子《あおこ》にしてみれば、快斗《かいと》とは、そんな仲《なか》じゃない。

むしろ高校生《こうこうせい》になってから、ちょっと距離感《きょりかん》さえ感《かん》じているのに……。

「いいなー！　青子《あおこ》は、あげる人《ひと》がいて」

「ちがうっていってるでしょ！」

「ほかの男子《だんし》は、あの子《こ》にひとりじめされてるっていうのにさぁ」

「あの子《こ》？」

「ほら、この前《まえ》、転校《てんこう》してきた……」

恵子《けいこ》が教室《きょうしつ》の扉《とびら》を開《あ》けた。そこでは――

*

バレンタインは、たしかに女子《じょし》が男子《だんし》にチョコをあげる日《ひ》だ。

でも、けっして――ひとりの女子《じょし》の前《まえ》に、クラスの男子《だんし》全員《ぜんいん》が行列《ぎょうれつ》をつくる日《ひ》ではなかったはずだ。

「小泉紅子《こいずみあかこ》」

恵子《けいこ》がつぶやいた。

――紅子《あかこ》さまぁ！

——オレにもチョコちょーだい！

クラスの男子《だんし》どもは、エサをねだる猿山《さるやま》のおさるさんだ。

魔法《まほう》にかかったように、ひとりの女子《じょし》——転校生《てんこうせい》の小泉紅子《こいずみあかこ》に夢中《むちゅう》になっていた。

「みんな押《お》さないで。いま、あげるから」

紅子《あかこ》は机《つくえ》に腰《こし》かけて、ひとりずつチョコをくばる。

好意《こうい》ではなく、これは善意《ぜんい》——チョコの施《ほどこ》しだ。ドキドキもなにも、あったものじゃない。

「まるで女王《じょおう》さま気《き》どりね」

「でも、やっぱ紅子《あかこ》ちゃんってキレイ」

青子《あおこ》は、すなおに、そう思《おも》った。

小泉紅子《こいずみあかこ》は、女子《じょし》から見《み》ても、嫉妬《しっと》とかそういう感情《かんじょう》もわかないレベルの美少女《びしょうじょ》なのだ。

さわぐ男子《だんし》たちをはべらせて、小泉紅子《こいずみあかこ》は得意満面《とくいまんめん》だった。

(世界中《せかいじゅう》のすべての男《おとこ》は、みーんな、みーんな、私《わたくし》の、と・り・こ……)

と。

そこへ、ひとりの男子《だんし》がニヤニヤしながら教室《きょうしつ》に入《はい》ってきた。

「ウキキキっ！　こんなにもらっちゃったぁ！　これが美咲《みさき》ちゃんでしょ、こっちがさくらちゃんでぇ……で、これが彩乃《あやの》ちゃん」

快斗《かいと》だった。

たくさんのチョコを両手《りょうて》にかかえて、すっかりゴキゲンだ。

「――なぁ青子《あおこ》？　なんで今日《きょう》にかぎって、みんなチョコくれるわけ？」

「だから今日《きょう》は……」

「そういえばオレ、2月《がつ》14日《か》って毎年《まいとし》、学校《がっこう》に来《き》てなかったんだよなー。去年《きょねん》はひでー風《か》邪《ぜ》ひいてただろ？　その前《まえ》はスケートで骨折《こっせつ》して入院《にゅういん》してたし……」

「そういえば……そうだった！」

「365日《にち》でいちばん不吉《ふきつ》な日《ひ》だと思《おも》ってたのに。こんなに、すばらしい日《ひ》だったのか！」

(天然《てんねん》か……)

紅子《あかこ》は心《こころ》のなかでツッコミを入《い》れた。

どうやら、あの男子《だんし》——黒羽快斗《くろばかいと》は本気《ほんき》でバレンタインデーを知《し》らないらしい。

でも、
ああいうオトコ——ほかの女《おんな》の彼氏《かれし》をうばってこそ、紅子《あかこ》は満足《まんぞく》する。

「おっ……」快斗《かいと》がチョコをくばっている紅子《あかこ》に気《き》づいた。「あーか子《こ》ちゃん！　オレにもくれよ！」

無邪気《むじゃき》な小猿《こざる》みたいによってきた快斗《かいと》は、だが、つぎの瞬間《しゅんかん》、

ドンッ！


見《み》えないチカラにはじかれて、壁《かべ》にはりつけになった。

クラスメイトたちは、ところが、人間《にんげん》が宙《ちゅう》にういたままになっても、おどろきはしなかった。

——また快斗《かいと》のマジックか。

——おどろかせんなよー。

黒羽快斗《くろばかいと》は自称《じしょう》マジシャン。

紅子《あかこ》が転校《てんこう》してきてからの短《みじか》いあいだにも、しょっちゅう手品《てじな》でクラスをおどろかせていた。

もっとも、その快斗本人《かいとほんにん》は——ただならぬ、おどろきと恐怖《きょうふ》におそわれていたはずだ。

「いや、ちがうって！　なんだ、このオンナ……！」

快斗《かいと》は、紅子《あかこ》をにらみかえした。

(恐《おそ》れなさい、私《わたくし》を……虜《とりこ》にならねば不安《ふあん》になるほど)

いま快斗《かいと》の体《からだ》を宙《ちゅう》にうかべているチカラは、手品《てじな》ではない。

手品《MAGIC》ではなく魔術《MAGIC》。

紅子《あかこ》のチカラ。

まさしく人間《にんげん》をこえた、神《かみ》——いいや、赤《あか》い悪魔《あくま》のチカラなのだから……！

「私《わたくし》のチョコがほしければ、ほかのチョコをすてることね」

「？」

——そうだ、そうだ！

——快斗《かいと》！　紅子《あかこ》さまに失礼《しつれい》だぞ！

男子《だんし》どもは、みな、いっせいに紅子《あかこ》を支持《しじ》した。

だいたい、ほかの女子《じょし》からチョコをもらえるヤツが、紅子《あかこ》からもチョコをせしめようとか、ずうずうしいのだ、と。

「そっか……そうだな。じゃあ……」

快斗《かいと》は腕《うで》をモゾモゾさせた。

紅子《あかこ》は、それを見《み》てチカラをといた。快斗《かいと》は、やっと自由《じゆう》になって床《ゆか》におりた。

(世界中《せかいじゅう》の男《おとこ》は私《わたくし》の虜《とりこ》……さぁ、その、ほかの女《おんな》のチョコをすてて、私《わたくし》のチョコをうけとりなさい……)

とびきりの、やさしい表情《ひょうじょう》で快斗《かいと》にチョコをさしむける。

「いらねーよ」

「!?」

紅子《あかこ》は、脳天《のうてん》をハンマーでカチ割《わ》られた思《おも》いだった。

「——き……聞《き》きちがいかしら？　あなた、いま、なんて……」

「チョコはいらない」

ほかの女子《じょし》からもらったチョコを捨《す》てるくらいなら、紅子《あかこ》のチョコはいらない、と。

(そんな、バカな……)

ボーゼンとしていると、快斗《かいと》は白《しろ》いハンカチを出《だ》して、紅子《あかこ》の目《め》の前《まえ》に投《な》げた。

ハンカチは、チリチリと舞《ま》う紙吹雪《かみふぶき》に変《か》わって、舞《ま》いおちる。

「すごい！　雪《ゆき》みたい……」

快斗《かいと》のマジックに、青子《あおこ》が見《み》とれる。

そこで快斗《かいと》が手《て》をひと振《ふ》りすると、紙吹雪《かみふぶき》はたちまち、もとのハンカチにもどった。

と、そのとき、担任《たんにん》の紺野先生《こんのせんせい》が教室《きょうしつ》に入《はい》ってきた。

「はい、みんな席《せき》についてー」

みなが席《せき》にもどる。紅子《あかこ》はチラッとふりかえって、中森青子《なかもりあおこ》と話《はな》している快斗《かいと》をにらんだ。

「青子《あおこ》もチョコもってきてんだろ？」

「べー！　快斗《かいと》のぶんは、ありませんよーだ」

ケンカするほど、なんとやら……。

(どうして？　鏡《かがみ》の予言《よげん》では、私《わたくし》の虜《とりこ》にならないのは、世界中《せかいじゅう》で怪盗《かいとう》キッドだけのはずなのに……)

紅子《あかこ》は、自分《じぶん》のチカラをうたがいかけた。

(いいえ……)

ちがう。

彼女《かのじょ》のチカラは、ゆるぎなく、たしかなものだ。

正《ただ》しいのだ。

予言《よげん》は、つねに正《ただ》しい。であれば結論《けつろん》は、ひとつしかなかった。

(まさか……黒羽快斗《かれ》が!?)

4

休《やす》み時間《じかん》。

学校《がっこう》のトイレから出《で》てきた快斗《かいと》は、制服《せいふく》のポケットをあちこちさぐった。

「――なぁ青子《あおこ》。オレのハンカチ知《し》らない？」

「は？　そんなの知《し》らないわよ」

快斗《かいと》のハンカチがどこにあるかなんて、青子《あおこ》は知《し》らない。

濡《ぬ》れた手《て》を、もてあました快斗《かいと》は、

「じゃあ、ちょっとごめん」

いきなり青子《あおこ》の制服《せいふく》で手《て》をふきはじめた。

「ちょっと……なにしてんのよっ！」

「へへへー」

そんなふたりのようすを、小泉紅子《こいずみあかこ》は観察《かんさつ》していた。

(あきれた……)

やってることは小学生以下《しょうがくせいいか》――5歳児《さいじ》ならギリギリゆるされるかもしれないが、高校生《こうこうせい》がやったら、女子《じょし》のスカートで手《て》をふくなど犯罪行為《はんざいこうい》だ。

やっぱり、あのふたりは恋人同士《こいびとどうし》だから……。

（でも……！）

もし黒羽快斗《くろばかいと》の、かくされた秘密《ひみつ》があきらかになれば、あんなふうに、なかよくはしていられないだろう。

紅子《あかこ》の虜《とりこ》にならない男《おとこ》は、ゆるせない。

だから罰《ばっ》するのだ。黒羽快斗《くろばかいと》のすべてをうばい、人生《じんせい》をおわらせてやる。

（いまに見《み》てらっしゃい。あなたの化《ば》けの皮《かわ》、ひっぺがしてあげるわ……ふふふ！）

5

空《あ》き家《や》だった古《ふる》い洋館《ようかん》に引《ひ》っ越《こ》しのトラックが入《はい》ったとき、ご近所《きんじょ》では少《すこ》し話題《わだい》になった。あんなに広《ひろ》いお屋敷《やしき》に住《す》むなど、お金持《かねも》ちにちがいない、と。

近所《きんじょ》のあいさつまわりをしたのは、初老《しょろう》の男《おとこ》——家《いえ》の使用人《しようにん》だった。

ひどく醜《みにく》い男《おとこ》だったが、ていねいな物腰《ものごし》だったので、新参者《しんざんもの》への周囲《しゅうい》の警戒心《けいかいしん》はいくぶんやわらいだ。

ただ、住人《じゅうにん》は謎《なぞ》だった。どうやら高校生《こうこうせい》くらいの娘《むすめ》がひとり、いるらしいが……。

そんな感《かん》じで、彼女《かのじょ》――小泉紅子《こいずみあかこ》の屋敷《やしき》は謎《なぞ》につつまれていた。


紅子《あかこ》が帰宅《きたく》すると、ドアを開《あ》けて初老《しょろう》の男《おとこ》がでむかえた。

「お帰《かえ》りなさいまし」

「儀式《ぎしき》の用意《ようい》はできてるわね？」

紅子《あかこ》がたずねると、男《おとこ》――召使《めしつか》いは「ととのっております」と、こたえた。

薄暗《うすぐら》い廊下《ろうか》をぬけて、奥《おく》の部屋《へや》にむかう。

そこは……！

＊

ロウソクの灯《ひ》が照《て》らす室内《しつない》は、ひんやり、ジトッとしていた。
床《ゆか》には幾何学的《きかがくてき》な線画《せんが》――魔法陣《まほうじん》。

魔術《まじゅつ》、呪術《じゅじゅつ》、それらオカルトの臭《にお》いがするアイテムで部屋《へや》はうめつくされている。

カァ!

怪鳥《かいちょう》が鳴《な》く。

カラスだ。紅子《あかこ》が部屋《へや》に足《あし》を踏《ふ》みいれるなり、部屋《へや》にいた無数《むすう》の黒《くろ》い鳥《とり》がさわぎたてた。

「あなたは、いつ見《み》ても醜《みにく》いわね」

「はい。そして紅子《あかこ》さま、あなたは、いつ見《み》てもお美《うつく》しゅうございます」

——紅子《あかこ》さまこそ、赤魔術《あかまじゅつ》の正統《せいとう》なる継承者《けいしょうしゃ》。この世《よ》の王《おう》となるべく……。

「おだまり」

紅子《あかこ》は召使《めしつか》いの男《おとこ》の視線《しせん》を気《き》にせず制服《せいふく》をぬぐと、一糸《いっし》まとわぬ姿《すがた》になって、それらしい長衣《ローブ》に着《き》がえた。

魔術師《マジシャン》。

それが、小泉紅子《こいずみあかこ》の正体《しょうたい》だ。

「──あなたの、そのもったいつけた台詞《せりふ》は、もう聞《き》きあきたわ。さぁ、はじめるわよ」

「仰《おお》せのとおりに」

紅子《あかこ》は煮《に》えたぎった大釜《おおがま》に、つぎつぎと素材《そざい》を投《な》げいれはじめた。

「龍《りゅう》の髭《ひげ》、人魚《にんぎょ》の涙《なみだ》、河童《かっぱ》の目玉《めだま》、そして……」

とりだしたのは白《しろ》い布《ぬの》──ハンカチだ。

「紅子《あかこ》さま、それは……？」

それは、学校《がっこう》で快斗《かいと》がなくしたハンカチだった。

体育《たいいく》の時間《じかん》、快斗《かいと》がぬいだ制服《せいふく》から、こっそりぬきとったのだ。

「黒羽快斗《くろばかいと》の分身《ぶんしん》……このハンカチをささげます！」

分身《ぶんしん》──形代《カタシロ》ともいう。持《も》ち物《もの》や髪《かみ》の毛《け》などを、その人物《じんぶつ》の代用《だいよう》として魔術《まじゅつ》にもちいるのだ。

紅子《あかこ》はハンカチを投《な》げいれた。

ハンカチは、さまざまな素材《そざい》が煮《に》えたぎる大釜《おおがま》にしずんでいく。

「さぁ、もうすぐよ」

紅子《あかこ》は体《からだ》をほてらせた。

黒羽快斗《くろばかいと》から、すべてをうばうのだ。そうすれば――

「もうすぐ、あなたは私《わたくし》のもの……私《わたくし》の思《おも》いどおりになるの！」

6

『ブルーパロット』。

マジシャン・黒羽盗一《くろばとういち》の助手《じょしゅ》だった、寺井黄之助《ジイこうのすけ》が経営《けいえい》するプールバーだ。

閉店後《へいてんご》の時間《じかん》は、いまは2代目怪盗《だいめかいとう》キッドである快斗《かいと》のアジトとして利用《りよう》されていた。

「は……っくしょん！」

大《おお》きなくしゃみが店内《てんない》にひびいた。

「ぼっちゃま……お風邪《かぜ》でも召《め》されましたか？」

カウンターのむこうで寺井《ジイ》が気《き》づかった。

「なんか寒気《さむけ》が……ううっ、やっぱ不吉《ふきつ》な日《ひ》だったんだ、2月《がつ》14日《か》は」

快斗《かいと》は身《み》をふるわせた。

「そうですか？　私《わたし》は、ぼっちゃまのおかげで、あま〜い一日《いちにち》であります♪」

寺井《ジイ》は甘党《あまとう》だ。快斗《かいと》からもらったチョコを、おいしそうにかじっている。

「なんか……ヤな予感《よかん》するなぁ。ケガでもしなきゃいいけど……なぁジイちゃん」

「はい？」

「魔法《まほう》ってホントにあると思《おも》う？」

おなじマジックでも、手品《てじな》ではなく魔法《まほう》。快斗《かいと》は、父《ちち》がのこしたレコードの言葉《ことば》についてたずねた。

「魔法《まほう》は……存在《そんざい》します」

「マジで!?」

寺井《ジイ》の返事《へんじ》に、快斗《かいと》は世界《せかい》がひっくりかえった気《き》がした。

マホウは存在《そんざい》する。

「正確《せいかく》には〝魔術《まじゅつ》〟と呼《よ》ぶべきかもしれません」寺井《ジィ》は、それがあたりまえのように語《かた》りはじめた。「魔術《まじゅつ》は色《いろ》によって区別《くべつ》されます。黒魔術《くろまじゅつ》、白魔術《しろまじゅつ》、青魔術《あおまじゅつ》、赤魔術《あかまじゅつ》……」

おおよそ、ものごとの裏側《うらがわ》でおきることを生業《なりわい》とする者《もの》にとって、魔術《まじゅつ》の存在《そんざい》は、常識《じょうしき》であるらしかった。

「あか魔術《まじゅつ》？」

「彼《かれ》ら魔術師《まじゅつし》は、私《わたし》たちマジシャンの天敵《てんてき》です。魔法使《まほうつか》いと手品師《てじなし》は、呼《よ》び名《な》こそおなじマジシャンですが、古《ふる》くから対立《たいりつ》してきました。彼《かれ》らのなかには手品《てじな》を〝偽魔術《ニセまじゅつ》〟と呼《よ》んで、さげすみ、憎《にく》んでいる者《もの》もいると」

「憎《にく》む？　なんで」

「ニセモノがゆるせないのでしょう。ホンモノは自分《じぶん》だと信《しん》じている者《もの》なら」

たとえ理由《りゆう》はなくとも、憎《にく》む。

差別《さべつ》だ。それは、もっとも恐《おそ》ろしい憎《にく》しみだ。

「怖《こえ》え な……」

「そういえば今夜《こんや》は満月《まんげつ》……満月《まんげつ》は、古《ふる》くから不吉《ふきつ》なしるしといわれております。ぼっちゃま、今夜《こんや》は、くれぐれもお気《き》をつけください」

怪盗《かいとう》キッドの予告状《よこくじょう》は、すでに出《だ》した。

いやな予感《よかん》がしたとしても、快斗《かいと》は、あともどりはできなかった。

7

快斗《かいと》——怪盗《かいとう》キッドは、世界《せかい》にちらばるビッグジュエルを狙《ねら》って盗《ぬす》みをはたらく。

命《いのち》の石《いし》〈パンドラ〉をやどした、たったひとつの宝石《ほうせき》を手《て》に入《い》れるためだ。

だから、それ以外《いがい》の宝石《ほうせき》は、どれほど高価《こうか》であっても用《よう》はない。すべて、あとで持《も》ち主《ぬし》にかえしていた。

永遠《えいえん》の命《いのち》をもたらすとされる命《いのち》の石《いし》〈パンドラ〉を狙《ねら》うのは、キッドだけではない。

謎《なぞ》の〝組織《そしき》〟——その大《おお》ボスであるあのお方《かた》という人物《じんぶつ》が、不老不死《ふろうふし》をもとめている。

〈パンドラ〉をめぐる陰謀《いんぼう》にかかわったために、初代怪盗《しょだいかいとう》キッドだった父《ちち》・盗一《とういち》は、8年《ねん》前《まえ》、事故死《じこし》に見《み》せかけて〝組織《そしき》〟に殺《ころ》された。

だから快斗《かいと》は〝組織《そしき》〟よりも先《さき》に〈パンドラ〉を手《て》に入《い》れたい。

そして〈パンドラ〉をコナゴナに破壊《はかい》してやるのだ。

父《ちち》を殺《ころ》した〝組織《そしき》〟の大《おお》ボスに、報《むく》いを……！

＊

東京《とうきょう》、渋谷区《しぶやく》の文化施設《ぶんかしせつ》。

美術館《びじゅつかん》に忍《しの》びこんだ怪盗《かいとう》キッド――快斗《かいと》は、やはり、いやな予感《よかん》におそわれていた。

そこには警官《けいかん》も、警備員《けいびいん》さえいなかった。

まさか、しめしめ、とは思《おも》わない。

「あれー、おかしいなぁ？　ちゃんと予告《よこく》したはずなのに……」

あの中森警部《なかもりけいぶ》が、手《て》ぐすねひいてまっているはずだろう。

ビッグジュエルを展示《てんじ》したケースをひらいて、宝石《ほうせき》を手《て》にしようとした、その瞬間《しゅんかん》、

プシュー

宝石《ほうせき》がおかれた台座《だいざ》から、いきおいよくガスがふきだした。

「！」

そして、まわりの展示《てんじ》ケースの下《した》から警官隊《けいかんたい》が飛《と》びだした。

全員《ぜんいん》、ガスマスクをつけている。

「はっはっは！　そんな子《こ》どもだましに、ひっかかりおって！」

まってましたとばかり、ガスマスクをつけた中森銀三警部《なかもりぎんぞうけいぶ》があらわれた。

「催眠《さいみん》ガスか……？」

快斗《かいと》は、だが冷静《れいせい》だった。

マントをひるがえすと、一瞬《いっしゅん》で、警官《けいかん》たちの前《まえ》から姿《すがた》を消《け》す。

消失《しょうしつ》トリック。

「さがせ！　ヤツは、まだ近《ちか》くにいるはずだ！」

中森警部《なかもりけいぶ》がさけぶ。

快斗《かいと》は、その真上《まうえ》――天井《てんじょう》にいた。

（ふっふっふ、そっちこそカンタンにひっかかっちゃって……うっ？）

ドクンッ

そのとき、快斗《かいと》は、ふいに眠気《ねむけ》におそわれた。

ガスは、すっていないはずなのに――

「だめだ、眠《ねむ》い……」


ドスン！

眠気《ねむけ》にたえきれず、快斗《かいと》は床《ゆか》におちてしまった。

（だめだ、体《からだ》が……うごかない……？）

＊

そのころ——紅子《あかこ》の屋敷《やしき》。
儀式《ぎしき》の間《ま》では、紅子《あかこ》が、大《おお》きな木槌《きづち》をにぎっていた。
彼女《かのじょ》の前《まえ》には、はりつけになった人形《にんぎょう》がある。
（黒羽快斗《くろばかいと》の分身《ぶんしん》よ……）
形代《カタシロ》だ。そして、その人形《にんぎょう》の姿形《すがたかたち》は……。
白《しろ》いマント。
怪盗《かいとう》キッドの人形《にんぎょう》だった。マントには快斗《かいと》のハンカチをつかっていた。
「ふふふ……オホホホホ！」
大《おお》きな針《はり》を手《て》にすると、紅子《あかこ》は、木槌《きづち》をふるって人形《にんぎょう》に打《う》ちつけた。

ガンッ――

＊

快斗《かいと》は、突然《とつぜん》、左胸《ひだりむね》に突《つ》き刺《さ》すような痛《いた》みを感《かん》じた。
「うっ……！」
眠気《ねむけ》のつぎは、激痛《げきつう》。
胸《むね》の内側《うちがわ》が、針《はり》で刺《さ》されたように痛《いた》んだ。
さらに耳《みみ》の内側《うちがわ》から、不気味《ぶきみ》な声《こえ》が聞《き》こえてきた……。
――来《く》るのよ、怪盗《かいとう》キッド……いや、黒羽快斗《くろばかいと》！
（だ……だれだ……？）
快斗《かいと》は混乱《こんらん》した。

頭《あたま》のなかから話《はな》しかけられていた。女《おんな》の声《こえ》。まるでテレパシーのように。

「いまだ！　つかまえろ！」

中森警部《なかもりけいぶ》と警官隊《けいかんたい》が、うごけない快斗《かいと》につかみかかってきた。

赤《あか》い、鮮血《せんけつ》がちった。


――私《わたくし》が、その苦《くる》しみから解放《かいほう》してあげるわ……！

＊

紅子《あかこ》には見《み》えていた。

魔術《まじゅつ》で、視《み》えていたのだ。美術館《びじゅつかん》で警官隊《けいかんたい》にとりおさえられて、ついに手錠《てじょう》をかけられた怪盗《かいとう》キッドの姿《すがた》が。

「――おいで、私《わたくし》のもとへ！」

ガンッ！

紅子《あかこ》は、怪盗《かいとう》キッドの人形《にんぎょう》の額《ひたい》に、木槌《きづち》で針《はり》を打《う》ちつけた。

*

——うわぁ～～～～～～～～～～～！

いつもクールな怪盗《かいとう》キッドが、そんな悲鳴《ひめい》をあげたものだから、手錠《てじょう》をかけた中森警部《なかもりけいぶ》のほうが、おどろいてしまった。

キッドの額《ひたい》から、ツー……っと血《ち》が流《なが》れおちる。

逮捕《たいほ》したときに、どこかにぶつけたのか？　いや……。

バッ

最後《さいご》のチカラをふりしぼって、快斗《かいと》は、その日《ひ》、最後《さいご》のマジックをきめた。

関節《かんせつ》を外《はず》して手錠《てじょう》から手《て》をぬく。脱出《だっしゅつ》マジック。そして逃走《とうそう》――

「あ！　まて、キッド……!?」

追《お》いかけようとした中森警部《なかもりけいぶ》は、思《おも》わず立《た》ちどまった。

床《ゆか》には、コップからぶちまけたかというほどの、信《しん》じられない量《りょう》の血《ち》だまりがのこされていた。

＊

危機一髪《ききいっぱつ》、美術館《びじゅつかん》から脱出《だっしゅつ》した快斗《かいと》だったが、すぐに警備員《けいびいん》が行《ゆ》く手《て》をはばんだ。

「!?　ジイちゃん！」

それは寺井《ジイ》だった。警備員《けいびいん》に変装《へんそう》していたのだ。

「なにやら不吉《ふきつ》な予感《よかん》がいたしましたので……ご安心《あんしん》ください、あとは私《わたし》が」

追《お》っ手《て》の警官隊《けいかんたい》を誘導《ゆうどう》して、そのすきに快斗《かいと》を逃《に》がそうとする。

「ちがうんだよジイちゃん……！」

「？　どうなさいました、ぼっちゃま？　その傷《きず》は……！」

快斗《かいと》の額《ひたい》がぱっくりと割《わ》れて、ただごとではない量《りょう》の血《ち》が流《なが》れていた。

「今日《きょう》の敵《てき》は、警察《けいさつ》じゃない……！」


――おいでキッド。


また、声《こえ》が。

とたんに快斗《かいと》は、ふわりと宙《ちゅう》にうかびあがった。

「!?」

「ぼっちゃま！」

あわてふためくが、どうしようもない。

トリックではない。浮遊《ふゆう》マジックではないのだ。これは見《み》えないチカラ――

(まるで……いや、これは〝魔術《まじゅつ》〟!?)

――はやく……。

8

魔《ま》で充《み》たされた、風《かぜ》が、うねる。

まるい月《つき》が、ゆがむ。

視界《しかい》が赤《あか》くよどんだ。痛《いた》む胸《むね》、心臓《しんぞう》を押《お》さえて、快斗《かいと》は荒《あら》く息《いき》をついた。


――はやく……もうすぐよ。


地上数百《ちじょうすうひゃく》メートルの高《たか》さ。

おちれば、もちろん死《し》ぬ。

快斗《かいと》をささえる足場《あしば》は、見《み》えないチカラだけだ。そして、それは快斗《かいと》自身《じしん》のものではない。

「……どこのだれだか知《し》らねーが、おかげで眠気《ねむけ》がさめたぜ！」

強《つよ》がりをいった。

そうでもしなければ正気《しょうき》をたもつことができなかった。


――痛《いた》いの……？　私《わたくし》が、その苦《くる》しみから……救《すく》ってあげる！


聞《き》こえてきたのは、怪鳥《かいちょう》の鳴《な》き声《ごえ》だった。

1羽《わ》や2羽《わ》ではない。

満月《まんげつ》をバックにうかびあがったのは、数《かぞ》えきれないほどのカラスの群《む》れだ。

「!?」

そしてカラスをひきつれて怪盗《かいとう》キッドとむかいあった彼女《かのじょ》もまた、翼《つばさ》なしで宙《ちゅう》にうかんでいた。

ワイヤーでも、視覚《しかく》トリックでもない。

「ほほほ……まってたわよ、キザな悪党《あくとう》さん」

魔女《まじょ》。

ひと目見《めみ》て、そう感《かん》じる姿《すがた》だった。

毒蛇《どくへび》をモチーフにした頭飾《あたまかざ》り、肌《はだ》は大胆《だいたん》に露出《ろしゅつ》していた。顔《かお》はフードでかくされていたが、若《わか》い女《おんな》だった。

「………？」

「でもこんどは、あなたが盗《ぬす》まれる番《ばん》よ！　私《わたくし》が、あなたの心《こころ》を……盗《ぬす》んであげる」

なまめかしい声《こえ》で挑発《ちょうはつ》すると、魔女《まじょ》は、それを手《て》にかかげた。

人形《にんぎょう》――

「！」

魔女《まじょ》が人形《にんぎょう》をにぎりしめた瞬間《しゅんかん》、快斗《かいと》は、全身《ぜんしん》を大蛇《だいじゃ》にしめつけられたほどの痛《いた》みにおそわれた。

人形《にんぎょう》の額《ひたい》と胸《むね》には太《ふと》い針《はり》がささっている。

形代《カタシロ》。

快斗《かいと》にも、そのくらいの魔術《まじゅつ》の知識《ちしき》はあった。もちろん、おとぎ話《ばなし》やファンタジーのなかの話《はなし》だが……。

「そんな格好《かっこう》じゃ、風邪《かぜ》ひきますよ、お嬢《じょう》さん……」

それでも魔女《まじょ》の、肌《はだ》もあらわな衣装《いしょう》を皮肉《ひにく》って、強気《つよき》にほほえんでみせる。

――ポーカーフェイスをわすれるな。

マジシャンは、いかなるときも冷静《れいせい》でいろ。それが亡《な》き父《ちち》の教《おし》えだった。

「ほほほ！　それで紳士《しんし》ぶってるつもり？　怪盗《かいとう》キッド……あなたの正体《しょうたい》はわかってるのよ！」

「大人《おとな》をからかうもんじゃありませんよ……さぁ、その人形《にんぎょう》を、わたしなさい」

空中《くうちゅう》でもがきながら、快斗《かいと》は魔女《まじょ》に近《ちか》づいて手《て》をさしのべた。

魔女《まじょ》が狙《ねら》っていたのは、だが、まさにそのタイミングだった。

カッ

地面《じめん》から、まばゆい光《ひかり》の柱《はしら》が立《た》ちあがった。

「!?」

快斗《かいと》は……その光《ひかり》にすいよせられた。

スクランブル交差点《こうさてん》のどまんなかに、巨大《きょだい》な幾何学模様《きかがくもよう》がうかびあがる。

魔法陣《まほうじん》。

その中心《ちゅうしん》、地上《ちじょう》におろされた快斗《かいと》は愕然《がくぜん》とした。

魔女《まじょ》が腕《うで》をひと振《ふ》りすると、交差点《こうさてん》の、すべての信号《しんごう》が赤《あか》に変《か》わった。

いいや——その魔法陣《まほうじん》の周囲《しゅうい》だけが、現実《げんじつ》から切《き》りとられて、赤一色《あかいっしょく》に染《そ》めあげられた。


時《とき》が、とまった。


スクランブル交差点《こうさてん》をいきかっていた数千人《すうせんにん》の人々《ひとびと》が、車《くるま》がストップする。

紅《あか》く。

怪鳥《かいちょう》の大群《たいぐん》と魔女《まじょ》の長《なが》い髪《かみ》だけが、黒《くろ》く不気味《ぶきみ》にうねりながら、ざわざわと快斗《かいと》にまとわりついてきた。

＊

夜空《よぞら》には満月《まんげつ》。

青《あお》い包装紙《ほうそうし》の小箱《こばこ》を手《て》に、青子《あおこ》はベッドにつっぷして、ため息《いき》をついた。

「あーあ、今年《ことし》こそ、わたせると思《おも》ったのに……」

――神《かみ》さまの、いじわる。

快斗《かいと》のためのチョコレートを、ぎゅっと胸《むね》にいだいた。

＊

スクランブル交差点《こうさてん》に出現《しゅつげん》した、赤《あか》い魔法陣《まほうじん》にとらわれた快斗《かいと》は、身《み》うごきがとれなくなった。

カラスをひきつれた魔女《まじょ》は、あわれな怪盗《かいとう》が苦《くる》しむ姿《すがた》を見《み》て、ほほえんだ。

「あなたの体《からだ》は、もう私《わたくし》のもの！　さぁ、私《わたくし》のしもべになりなさい！」

魔女《まじょ》。

赤《あか》き魔術《まじゅつ》をあやつる者《もの》。

「まったく、わがままなお嬢《じょう》さんだ……」

声《こえ》がふるえた。

脂汗《あぶらあせ》がわきだす。額《ひたい》と胸《むね》の傷《きず》が、内側《うちがわ》から針《はり》を刺《さ》されたように痛《いた》んだ。

これら、すべてが魔術《まじゅつ》だというのか……！

「そうやって笑《わら》っていられるのも、いまのうち」

カラスとともに地上《ちじょう》におりた魔女《まじょ》は、頭上《ずじょう》に人差《ひとさ》し指《ゆび》をかかげた。

満月《まんげつ》は魔力《まりょく》を充《み》たす。

見《み》えないチカラを指先《ゆびさき》にあつめると、魔女《まじょ》は、光《ひかり》を赤《あか》い衝撃《しょうげき》に変《か》えてぶつけた。

「おわっ！」

ボッ

魔法陣《まほうじん》が、たちまち燃《も》えあがった。

「!?」

「さぁ、私《わたくし》のしもべに！」

燃《も》えさかる炎《ほのお》にまかれて、快斗《かいと》は肺《はい》が焼《や》けつくほどの苦《くる》しみにおそわれた。

熱《あつ》い……熱《あつ》い……！

「キッド」

魔女《まじょ》がさしのべたそれは、意外《いがい》にも、

「………？」

「その苦《くる》しみからのがれたいのね。ならば、このチョコをお食《た》べ。きっと、あなたを救《すく》ってくれるでしょう」

チョコ……？

炎《ほのお》に苦《くる》しみながら、快斗《かいと》はとまどった。

なぜ、チョコレートなどを。それもハート形《がた》の……。

この魔女《まじょ》は……。
快斗《かいと》は、あらためて相手《あいて》を見《み》た。
いったい、なにが目的《もくてき》で、こんなことをする……？
快斗《かいと》は知《し》っていた。
真《しん》に恐《おそ》ろしいのはチカラではない。魔術《まじゅつ》や暴力《ぼうりょく》、銃《じゅう》そのものではない。
それをふるう人間《にんげん》の、ゆがんだ心《こころ》なのだ。不老不死《ふろうふし》の欲望《よくぼう》のために父《ちち》を殺《ころ》した〝組織《そしき》〟
の、あのお方《かた》のような。
魔女《まじょ》は。

なんのために……？
「さぁ、こんどこそうけとるのよ！　私《わたくし》の、まっ赤《か》な思《おも》いを！」
魔女《まじょ》はさけび、せまる。
そのとき快斗《かいと》は気《き》づいた。
（あれは……オレのハンカチ？）
怪盗《かいとう》キッドの人形《にんぎょう》にまかれたマントは、快斗《かいと》が学校《がっこう》でなくした白《しろ》いハンカチだった。

（まさか、こいつは……！）

快斗《かいと》は魔女《まじょ》の正体《しょうたい》に思《おも》いあたった。

「そのかわり、うけとったが最後《さいご》、あなたの心《こころ》は永遠《えいえん》に……私《わたくし》のものとなるのよ！」

＊

青子《あおこ》は、自室《じしつ》の窓《まど》を開《あ》けた。

となりの家《いえ》に明《あ》かりはついていなかった。幼《おさな》なじみは留守《るす》のようだ。

こんな時間《じかん》まで、どこで夜遊《よあそ》びをしているのか……。

寒《さむ》い。

いちだんと冷《ひ》えてきた。窓《まど》を閉《し》めようとしたとき、ふと、青子《あおこ》は空《そら》を見《み》あげた。

「あっ……！」

＊

スクランブル交差点《こうさてん》にあらわれた魔法陣《まほうじん》。

魔法《まほう》の炎《ほのお》に炙《あぶ》られながら、快斗《かいと》は、熱《あつ》さをのがれたい一心《いっしん》で、道路《どうろ》をはって魔女《まじょ》にすがりついた。

チョコレートをうけとる。

赤《あか》い包装紙《ほうそうし》をむしって、チョコをとりだした。

いいなりになった怪盗《かいとう》キッドを見《み》て、魔女《まじょ》は、とても満足《まんぞく》そうに笑《わら》った。

「ほほほほほ！」

赤《あか》い包装紙《ほうそうし》をやぶって、チョコをむさぼり食《く》おうとした快斗《かいと》は、

「…………！」

その手《て》をとめた。

「……どうしたのキッド!?　はやくチョコを、お食《た》べ！」

魔女《まじょ》は、虜《とりこ》にしたはずの男《おとこ》をせかす。

「お嬢《じょう》さん」

「？」

「あなたの魔法《まほう》は、もう……通《つう》じない！」

バキッ！

快斗《かいと》は、ハート形《がた》のチョコを砕《くだ》き割《わ》った。

「！　な……私《わたくし》のチョコを!?　なぜ！」

混乱《こんらん》する魔女《まじょ》をよそに、快斗《かいと》は夜空《よぞら》を見《み》あげる。

魔女《まじょ》も、その視線《しせん》にさそわれて細《ほそ》い顎《あご》をあげた。

はらり――

大都会《だいとかい》に舞《ま》いおちたのは。

「雪《ゆき》……!?」

魔女《まじょ》はふるえた。

強《つよ》い寒気《かんき》をまとった雪雲《ゆきぐも》が、月《つき》をかくし、たちまち都心《としん》の上空《じょうくう》をおおっていく。

みるみると、

冷《ひ》えきったアスファルトに、ふりつもっていく。

雪《ゆき》。

炎《ほのお》がゆらぎ、下火《したび》になり、ついえていく。水《みず》では消《け》せぬ魔法《まほう》の炎《ほのお》が絶《た》えていく。

凍《こご》える〝時《とき》〟の魔法《まほう》はやぶれた。

銀《ぎん》の月《つき》は、雲《くも》にかくれ。

紅《あか》い薄氷《はくひょう》で封鎖《ふうさ》された魔女《まじょ》の小《ちい》さな静止世界《せいしせかい》は、たちまち、まっさらな——

「…………!　雪《ゆき》で、魔法陣《まほうじん》が!」

9

ホワイト・バレンタイン。

たちまち、つもりはじめた雪《ゆき》が、スクランブル交差点《こうさてん》の横断歩道《おうだんほどう》と魔法陣《まほうじん》を消《け》し去《さ》っていく。

魔法陣《まほうじん》は、魔術《まじゅつ》をほどこすための儀式《ぎしき》そのものだ。

とても複雑《ふくざつ》な数式《すうしき》のようなものだ。だから一部《いちぶ》でも記号《きごう》が欠《か》けたり、塗《ぬ》りつぶされてしまえば、効果《こうか》はうしなわれてしまう。

「フン……」魔女《まじょ》は動揺《どうよう》をかくしきれない。「あなたの切《き》り札《ふだ》のマジックってわけね」

「大自然《だいしぜん》のマジックですよ……！」

呪縛《じゅばく》をといた快斗《かいと》は立《た》ちあがった。

「でもマジックなんて、しょせんウソじゃない!?　人《ひと》をダマしてるだけだわ！」

魔女《まじょ》は声《こえ》を荒《あら》らげた。

「…………」

「魔法《まほう》はホンモノよ！　本当《ほんとう》に、そうなってしまうのよ！」

人形《にんぎょう》で相手《あいて》をあやつったことも、空《そら》を飛《と》んだことも、時《とき》をとめたことも、魔法陣《まほうじん》の炎《ほのお》も、まやかしではないのだ。

「そう……私《わたし》も、そう思《おも》いますよ」

「……え？」

キッドが同意《どうい》したのが意外《いがい》だったのだろう。魔女《まじょ》は、とまどった。

白《しろ》いマントが、ひるがえる。

「逃《に》げる気《き》!?」

魔女《まじょ》がハッとしたときには、怪盗《かいとう》キッドの姿《すがた》は彼女《かのじょ》の前《まえ》から消《き》えていた。


——たしかにマジックは、人《ひと》をダマしているのかもしれない。


声《こえ》がひびく。

快斗《かいと》の声《こえ》だけが。魔女《まじょ》は相手《あいて》をさがして雪《ゆき》の夜空《よぞら》をあおぐ。

宙《ちゅう》にうかんでいるのは、白《しろ》いシルクハットだけだ。

「でも、見《み》ている人《ひと》たちはみな……」

「おだまり！」

魔女《まじょ》は踏《ふ》みだすと、手《て》をのばして帽子《ぼうし》をつかまえた。

バッ

雪《ゆき》のような白《しろ》い羽毛《うもう》がちった。

シルクハットからあらわれたのは、鳩《はと》の群《む》れだった。

魔女《まじょ》はおどろく。

鳩《はと》たちが彼女《かのじょ》の肩《かた》に、腕《うで》にとまった。

愛嬌《あいきょう》のある姿《すがた》に、ふと、魔女《まじょ》の表情《ひょうじょう》がやわらぐ。

魔術《まじゅつ》と手品《てじな》。

おなじマジックだけど、ふたつが決定的《けっていてき》にちがうことは。

「――ダマされるのを楽《たの》しんでいるんですよ。それが魔法《まほう》と手品《てじな》のちがいです」

「……………」

魔女《まじょ》は、ふたたびあらわれた怪盗《かいとう》キッドを見《み》つめる。

「魔法《まほう》で、むりやり人《ひと》の心《こころ》を盗《ぬす》んでも、さみしいだけです」

快斗《かいと》は魔女《まじょ》につげた。

「でも……それを、むりやりうばうのが、私《わたくし》たち魔女《まじょ》のやりかたよ！」

「ハッハッハッハ！」

「なにがおかしいの⁉」

魔女《まじょ》はむっとした。

「あなたのほうこそウソをついている！」

「はぁ⁉　私《わたくし》はウソなんかついてないわ！」

「ついてますよ、自分《じぶん》の心《こころ》に！」

「！」

快斗《かいと》の指摘《してき》に、魔女《まじょ》は、言葉《ことば》をかえせない。

「お嬢《じょう》さん、この怪盗《かいとう》キッドをあなどっちゃいけません。あなたの冷《つめ》たく閉《と》ざされた心《こころ》の奥《おく》に、きれいな宝石《ほうせき》が眠《ねむ》ってることぐらい、お見通《みとお》しですよ……」

魔女《まじょ》――クラスメイトの小泉紅子《こいずみあかこ》は、

「快斗《キッド》……」

「さようなら、かわいい魔法使《まほうつか》いさん♡」

紅子《あかこ》の肩《かた》から鳩《はと》が飛《と》びたつ。

紅子《あかこ》が気《き》をとられた瞬間《しゅんかん》、快斗《かいと》は、こんどこそ本当《ほんとう》に姿《すがた》をくらませた。

＊

世界《せかい》は、また、うごきはじめる。

信号《しんごう》は青《あお》に変《か》わり、人《ひと》も車《くるま》も、すべてが。

うっすらと雪化粧《ゆきげしょう》をしたスクランブル交差点《こうさてん》には、一輪《いちりん》の花《はな》がのこされていた。

まっ赤《か》な、花《はな》。

「…………」

紅子《あかこ》への贈《おく》り物《もの》だろうか。

「お嬢《じょう》さま」

物陰《ものかげ》で見《み》まもっていた召使《めしつか》いの男《おとこ》が、あわてて駆《か》けだした。

「わかってるわ」

紅子《あかこ》は必死《ひっし》でまばたきをとめて、顎《あご》をあげる。

瞳《ひとみ》がうるむ。

もし、いま、まぶたを閉《と》じれば……彼女《かのじょ》のまなじりをつたって、あふれてしまう。

涙《なみだ》が。

「――魔女《まじょ》が涙《なみだ》をおとしたら、その魔力《まりょく》を永遠《えいえん》にうしなってしまう」

ボッ

魔力《まりょく》の炎《ほのお》が、赤《あか》い花《はな》を焼《や》きはらった。

灰《はい》ものこさず。

熱気《ねっき》が瞳《ひとみ》を炙《あぶ》り、魔女《まじょ》の、こぼれかけた涙《なみだ》まで涸《か》らしていった。

10

翌朝《よくあさ》、江古田高校《えこだこうこう》。

「青子《あおこ》ぉ！」

登校《とうこう》してきた青子《あおこ》は、自分《じぶん》を呼《よ》ぶ声《こえ》にふりかえった。

ドサッ！

いきなり、冷《つめ》たいものが顔《かお》にぶつけられた。大《おお》きな雪《ゆき》のカタマリだ。

「!?」

「ハッハッハッ！　ひーかかったぁー！」

子《こ》どもか……。

今日《きょう》は、きっと、だれよりもはやく登校《とうこう》してきたのだろう。

一面《いちめん》が雪《ゆき》でおおわれた校庭《こうてい》で大笑《おおわら》いしているのは、雪《ゆき》にうかれている幼《おさな》なじみの少年《しょうねん》だった。

「もぉ！」

青子《あおこ》は雪玉《ゆきだま》をつくって投《な》げかえした。

雪合戦《ゆきがっせん》。

「なぁ青子《あおこ》！　昨日《きのう》のチョコ、まだもってんだろ？　ちょーだいっ」

「あれはバレンタインにあげなきゃ意味《いみ》ないのっ！　もー、ぜんぶ食《た》べちゃったわよ！」

と、そのとき青子《あおこ》は雪《ゆき》に足《あし》をとられた。

すべった拍子《ひょうし》に、カバンから、なにかが飛《と》びだす。

青《あお》い包装紙《ほうそうし》。

あげられなかったチョコレートが、快斗《かいと》の目《め》の前《まえ》におちた。

「あれ？　これって……」

「こ……これは、ちがうから！」

青子《あおこ》は、はずかしくなった。

「いっただき！」

快斗《かいと》はチョコをひったくると、なぜか逃《に》げていく。

べつに、とりかえしたりはしないのだが……。

「ちょっと……まちなさいよー！」

また雪合戦《ゆきがっせん》をはじめたふたりを、はなれたところで、じーっと見《み》つめる女子生徒《じょしせいと》がいた。

「黒羽快斗《くろばかいと》め」

小泉紅子《こいずみあかこ》は、昨夜《さくや》の屈辱《くつじょく》を胸《むね》に、誓《ちか》った。

「――魔術師《まじゅつし》とマジシャン……私《わたくし》たちは、たがいの秘密《ひみつ》をにぎりあった深《ふか》い仲《なか》なのよ。つぎこそ、おまえを――」

ドサッ！

紅子《あかこ》の顔《かお》に、雪玉《ゆきだま》が直撃《ちょくげき》した。

「あ、悪《わ》りぃ悪《わ》りぃ！」

快斗《かいと》は、わるびれたようすもなく頭《あたま》をかいた。

紅子《あかこ》はプルプル、怒《いか》りにふるえた。

（黒羽快斗《くろばかいと》……！　あなたを私《わたくし》の虜《とりこ》にしてみせるんだから……！）

第《だい》2話《わ》　大人《おとな》のおまじない

1

休《やす》み時間《じかん》。

教室《きょうしつ》で、青子《あおこ》と話《はな》していた快斗《かいと》は、大《おお》きな声《こえ》をあげた。

「なにぃ!?　い、い、い、おばけぇ!?」

「ホントにホントよ！　昨日《きのう》、恵子《けいこ》が見《み》たのよ」

青子《あおこ》が、親友《しんゆう》の桃井恵子《ももいけいこ》に聞《き》いたところでは――

＊

桃井恵子《ももいけいこ》は、その日《ひ》の放課後《ほうかご》、図書室《としょしつ》で自習《じしゅう》をしていたという。

「わ、もうこんな時間《じかん》……」

完全下校《かんぜんげこう》の時間《じかん》だった。

荷物《にもつ》をバッグにまとめて、司書《ししょ》さんにせかされて図書室《としょしつ》を出《で》た。

階段《かいだん》にさしかかったとき、

ガタッ

物音《ものおと》。

「ん？　なんだろ……」

体育館《たいいくかん》やグラウンドには、まだ部活《ぶかつ》の生徒《せいと》がのこっているだろうけど。校舎《こうしゃ》の上《うえ》の階《かい》には、もう、だれもいないはずだ。

気《き》になってしまい、恵子《けいこ》は階段《かいだん》をあがった。
外《そと》は、もう夜《よる》だ。校舎内《こうしゃない》は、ほとんどの照明《しょうめい》が消《け》されていた。
恵子《けいこ》は後悔《こうかい》した。暗《くら》い……そして、怖《こわ》い。

とんっ

肩《かた》をつかまれた。
思《おも》いがけないほど、強《つよ》く。ふりかえると、そこには——

——きゃぁ〜〜〜〜〜〜〜〜！

＊

「きゃぁ〜〜〜〜〜〜〜〜〜〜！」

迫真《はくしん》の演技《えんぎ》をして、青子《あおこ》は悲鳴《ひめい》をあげた。

「………………」

「……怖《こわ》かった？　快斗《かいと》」

「おまえの顔《かお》がな」

快斗《かいと》が、あきれて息《いき》をつく。

「もぉ！」

「ケケケ……それで？　恵子《けいこ》は、そのあとどうしたんだよ」

「それが、そのショックで寝《ね》こんじゃって、今日《きょう》は欠席《けっせき》……こーなったら恵子《けいこ》の敵《かたき》をとるしかないわね！」

「ガンバレよー」

快斗《かいと》は興味《きょうみ》がなかった。高校生《こうこうせい》にもなって、おばけとか……。

ところが青子《あおこ》は、顔《かお》をずいっと近《ちか》づけて念《ねん》を押《お》してきた。

「ね？」

「………………へ？」

2

その日《ひ》の夜《よる》。

快斗《かいと》と青子《あおこ》は、ひそかに学校《がっこう》をおとずれた。

「なんで、オレがいっしょに行《い》かなきゃいけねーんだよ？」

「かわいい女《おんな》の子《こ》ひとりじゃ、あぶないでしょっ！」

とかいいながら、青子《あおこ》は大胆《だいたん》にもスカート姿《すがた》で窓《まど》をよじのぼって校舎《こうしゃ》に侵入《しんにゅう》した。その窓《まど》の鍵《かぎ》には、昼間《ひるま》、快斗《かいと》がちょっとばかり細工《さいく》をしてあった。

「かわいい、ねぇ……？」

「なによー！」

たいして緊張感《きんちょうかん》もなく、ふたりは廊下《ろうか》を歩《ある》いた。

今夜《こんや》は、月《つき》が明《あか》るい。

「うへーっ……夜《よる》の学校《がっこう》って気持《きも》ちわりーなー」

「そうね……」

「そーいやよー、ほかのヤツにも聞《き》いたんだけどよー……おばけを見《み》たヤツ、どうやら恵《けい》子《こ》だけじゃねーらしいぜ」

快斗《かいと》の言葉《ことば》に、青子《あおこ》はおどろいた。

この1カ月のあいだに教師《きょうし》と生徒《せいと》あわせて10人《にん》以上《いじょう》が、おばけを目撃《もくげき》していたという。

ちょっと、見《み》まちがいですませられる数《かず》ではない。

「じゃあ……」

青子《あおこ》がいいかけたとき、

ォヽオヽオヽオヽオヽオヽオヽオヽオッ…………、、、、、、、、、！


「きゃあ！」

青子《あおこ》は、快斗《かいと》の肩《かた》にしがみついた。

たしかに、音《おと》……声《こえ》が聞《き》こえた。

かぁ・え・れ…………！

声《こえ》と、ノイズ……ハウリング。

「スピーカー……？」

青子《あおこ》をなだめながら、快斗《かいと》は廊下《ろうか》を見《み》あげる。

かぁ・え・れ…………！　かぁ・え・れ…………！

カァ・エ・レ……帰《かえ》れ？

「放送室《ほうそうしつ》か？　くそぉ！」

「快斗《かいと》？　まってよー！」

走《はし》りだした快斗《かいと》を、青子《あおこ》が追《お》いかける。

こんなのはイタズラにきまっている。そう思《おも》い、快斗《かいと》は階段《かいだん》を駆《か》けあがった。

ところが、なにかに足《あし》をすべらせてハデにころんでしまう。

「痛《い》タタ……」

「ハァ……なによー、ドジねー」

「あんだと――!?」

ふりかえった快斗《かいと》を見《み》て、青子《あおこ》は、

「ぎゃあ～～～～～～～～～～！」

やっぱり、ヒロインがやってはならないリアクションをした。

「へ………？」

これには快斗《かいと》が、とまどった。

手《て》で顔《かお》にふれる。顔《かお》じゅうに、ぬるっとした、なにかがまとわりついていた。

「血《ち》……!?」

「快斗《かいと》が死《し》んじゃう！」

青子《あおこ》は泣《な》きだしそうだ。

でも快斗《かいと》は、とまどうばかりだ。階段《かいだん》に頭《あたま》をぶつけて、痛《いた》いのは痛《いた》いが、こんなに血《ち》が出《で》るほどのケガはしていない。

ドロドロドロ……

錆《サビ》の臭《にお》い。
階段《かいだん》の上《うえ》から、ねばりけのある黒《くろ》っぽい液体《えきたい》がダラダラと流《なが》れおちてきた。
これは……血《ち》染《ぞ》めの階段《かいだん》……！

「ぎゃあ～～～！」

＊

トイレに駆《か》けこんで、蛇口《じゃぐち》をひねると、快斗《かいと》は顔《かお》を洗《あら》った。
「――快斗《かいと》！」

「とにかく、オレの血《ち》じゃない」

混乱《こんらん》する青子《あおこ》を、おちつかせる。

階段《かいだん》にぶつけた快斗《かいと》の額《ひたい》は、少《すこ》しばかり腫《は》れていたが、傷《きず》はなかった。出血《しゅっけつ》もない。

洗《あら》い流《なが》した、赤《あか》っぽい液体《えきたい》をたしかめる。

インクにしてはネバネバしていた。だが、さっき感《かん》じた錆《サビ》っぽい臭《にお》いは、もう、しなくなっている。

「だれかが、オレたちをおどかしてるんだ」

ただのイタズラか、それとも……。

快斗《かいと》はトイレから出《で》ようとした。

「……ちょ、ちょっと外出《そとで》てて」

ところが青子《あおこ》は、まだトイレでモジモジしていた。

「あんだー？　おいてっちまうぞ」

「快斗《かいと》がそこにいると……はずかしいでしょ!?」

青子《あおこ》は、しおらしくなって下《した》をむいてしまった。

「あー……」

快斗《かいと》は、あとはなにも聞《き》かず、外《そと》でまっているといってトイレから出《で》ていった。

*

水《みず》を流《なが》す音《おと》がしたあと、青子《あおこ》は、すっきりした表情《ひょうじょう》でトイレから出《で》てきた。

「おまたせー……」

だが、外《そと》でまっているはずの快斗《かいと》の姿《すがた》がない。

とたんに青子《あおこ》は不安《ふあん》になった。

「快斗《かいと》……？　どこ……」

歩《ある》きだした青子《あおこ》の前《まえ》を、
ダッ

黒《くろ》いカタマリが猛《もう》スピードで通《とお》りぬけていった。

「きゃあ！」

青子《あおこ》は、びっくりして尻《しり》もちをついた。

黒《くろ》いカタマリは、少《すこ》し先《さき》でとまって、こっちをふりかえった。

「なんだ、ネコか」

よく見《み》れば、それは、かわいらしい黒猫《くろねこ》だった。校舎《こうしゃ》に迷《まよ》いこんでしまったらしい。

青子《あおこ》は、おいでおいでをした。


カーッ！


黒猫《くろねこ》は、だが、いきなりカラスに姿《すがた》を変《か》えた。

「!?――――」

さけびかけた青子《あおこ》の口《くち》を、だれかが、うしろからふさぐ。

「しっ……静《しず》かに」

快斗《かいと》だった。

「ど……どこ行《い》ってたのよー……！」

「しかたねーだろ……泣《な》いてんじゃねーよ……！　ほんっと子《こ》どもだな、おまえは」

＊

快斗《かいと》と青子《あおこ》は、ひとまず教室《きょうしつ》にむかった。

「のこる手《て》がかりは放送室《ほうそうしつ》か……」

スピーカーから声《こえ》が聞《き》こえたということは、放送室《ほうそうしつ》に、だれかがいたのだ。

「なによ、ひとを子《こ》どもあつかいしちゃって……！　かんじんなときにいない、快斗《かいと》がわるいんでしょ？」

怖《こわ》い思《おも》いをした青子《あおこ》は、すっかり不機嫌《ふきげん》だ。

「よーし……オレがようすを見《み》てくるから、青子《あおこ》は、ここにのこれ」

「えっ？」

とたんに青子《あおこ》は心細《こころぼそ》くなって、快斗《かいと》の袖《そで》をぎゅっとつかんだ。

「もう、ひとりにしないで。いっしょに……」

「ダメだ」

「!?」

「おまえを危険《きけん》な目《め》にあわせるわけにはいかない！」

とにかく、ただのイタズラではなさそうだ。

ひと言《こと》でいって、やりかたがエグい。仕掛《しか》けている相手《あいて》は、かなり性格《せいかく》がゆがんでいる。

「快斗《かいと》……」青子《あおこ》は思《おも》わずといった感《かん》じで笑《わら》った。「ぷぷぷ、キザ」

「うっせーな」

テレかくしをすると、快斗《かいと》はロッカーからモップを出《だ》して、青子《あおこ》にわたした。

「——ヤツがきたら大声出《おおごえだ》すんだぞ。オレが、すっ飛《と》んでくるからよ！」

ガタン

引《ひ》き戸《ど》の扉《とびら》を閉《し》める。

モップをにぎって、青子《あおこ》は、しばらく教室《きょうしつ》でまっていた。

それは、ほんの数分《すうふん》だったはずだ。でも、緊張《きんちょう》と怖《こわ》さとで、青子《あおこ》には、とても長《なが》い時間《じかん》に感《かん》じられた。


……………………。


戸《と》にはめこまれた磨《す》りガラスの小窓《こまど》に、人影《ひとかげ》が映《うつ》りこんだ。

「快斗《かいと》……？」

青子《あおこ》はドアに駆《か》けよった。

ガラッ

快斗《かいと》ではなかった。

頭《あたま》から布《ぬの》をかぶった、だれだかわからない……！

「きゃぁ〰〰〰！」

ゴツン！

悲鳴《ひめい》をあげながら、青子《あおこ》はモップの一撃《いちげき》を相手《あいて》に見舞《みま》った。

いつも快斗《かいと》を追《お》いかけまわしているモップだ。青子《あおこ》は、つかいなれている。

走《はし》る。

ふりかえるまでもなく、足音《あしおと》は追《お》ってきていた。

——まってよ……。

——なんで逃《に》げるのぉ……。

「た……助《たす》けて！　快斗《かいと》！」

青子《あおこ》は女子《じょし》トイレに駆《か》けこんだ。

個室《こしつ》へ飛《と》びこみ、鍵《かぎ》をかける。


ガタガタ……


あとを追《お》ってトイレに入《はい》ってきただれかが、個室《こしつ》のドアを開《あ》けようとしている。

青子《あおこ》は必死《ひっし》にドアを押《お》さえた。

「快斗《かいと》……!　はやく……はやく来《き》て!」

*

放送室《ほうそうしつ》にむかう途中《とちゅう》、快斗《かいと》は、別《べつ》の教室《きょうしつ》から明《あ》かりがもれていることに気《き》がついた。

「………?」

理科室《りかしつ》だ。

ほのかな光《ひかり》が、廊下《ろうか》にもれて、ゆらめいていた。

ドアを開《あ》ける。


異様《いよう》な光景《こうけい》だった。

フラスコやビーカーにみたされた、まっ赤《か》な液体《えきたい》が、ぶくぶくと泡《あわ》だっていた。

照明《しょうめい》はついていない。

光《ひか》っているのは、その泡《あわ》だつ液体《えきたい》そのものだ。

器材《きざい》のまわりには謎《なぞ》めいた道具《どうぐ》、古《ふる》めかしい本《ほん》、テーブルにチョークで記《しる》された意味不《いみふ》明《めい》な図形《ずけい》……。

それらはまるで、そう――魔術《まじゅつ》の実験風景《じっけんふうけい》。

快斗《かいと》は、この、おばけさわぎの張本人《ちょうほんにん》に思《おも》いあたった。

「！　まさか……！」

＊

ガタッ……


外《そと》からドアを開《あ》けようとするだれかの気配《けはい》が、フッ……と消《き》えた。

青子《あおこ》は、身《み》をこわばらせて女子《じょし》トイレの個室《こしつ》に立《た》ちつくしていたが、

「……もう……だいじょうぶよね？　もう、いないよね……」

鍵《かぎ》を外《はず》して、ゆっくりとドアを押《お》した。

ギィッ、と戸板《といた》がひらく。

ボタッ

青子《あおこ》の顔《かお》に、なにかが、たれおちた。

指《ゆび》でふれる。ぬるっとした、錆臭《サビくさ》い——

血《ち》。

「きゃあ〜〜〜〜〜〜〜〜〜！」

——私《わたくし》よ、わ・た・く・し……。

見《み》たくはなかった。

ぜったいに。でも、見《み》あげるしかなかった。

トイレの個室《こしつ》の仕切《しき》り壁《かべ》の上《うえ》から、布《ぬの》をかぶった女《おんな》が青子《あおこ》をのぞきこんでいた。

「!?——」

青子《あおこ》は、ついに恐怖《きょうふ》のあまり気《き》をうしなって、便座《べんざ》にたおれこんだ。

「……中森《なかもり》さん？」

布《ぬの》をかぶった女《おんな》は、それを見《み》て、ちょっとあわてた。

そこに、さらに、だれかがあらわれる。

「やっぱり、おめーか！」

快斗《かいと》だ。

布《ぬの》——長衣《ローブ》をまとった女《おんな》を、にらみつける。

「ち……ちがうのよ」

女《おんな》はフードをとった。それは快斗《かいと》と青子《あおこ》のクラスメイト、小泉紅子《こいずみあかこ》だったのだ。

3

理科室《りかしつ》。

ならべたイスの上《うえ》に気《き》をうしなった青子《あおこ》を寝《ね》かせると、快斗《かいと》は紅子《あかこ》に説明《せつめい》をもとめた。

「——魔術《まじゅつ》の実験《じっけん》？」

「しーっ」紅子《あかこ》は器材《きざい》や本《ほん》を片《かた》づけはじめる。「ときどき、みんなが帰《かえ》ったあとに、この理科室《りかしつ》で赤魔術《あかまじゅつ》の実験《じっけん》をしているのよ。ここなら広《ひろ》いし、薬品《やくひん》もいっぱいあるし」

薬品庫《やくひんこ》の鍵《かぎ》はどうしたのかとたずねるのは、紅子《あかこ》——この魔女《まじょ》には愚問《ぐもん》だろう。

彼女《かのじょ》は、人《ひと》の心《こころ》さえあやつることができる。たとえば理科《りか》の先生《せんせい》を、魔術《まじゅつ》でしもべにしてしまえばいい。

「まぎらわしいことすんなよなー……」

おばけさわぎを聞《き》きつけて来《き》てみれば、もっと怖《こわ》い魔女《まじょ》――紅子《あかこ》――が出《で》た。

「いい……？　このことは、ぜったいナイショよ」紅子《あかこ》は快斗《かいと》にいいかえした。「もしバラしたら、あなたが怪盗《かいとう》キッドだってこと、みんなに……」

「だから……キッドは、オレじゃねぇっていってんだろ⁉」

バレンタインの夜《よる》の一件《いっけん》で、快斗《かいと》は、転校生《てんこうせい》の小泉紅子《こいずみあかこ》が、ホンモノの魔術師《まじゅつし》であることを知《し》った。

紅子《あかこ》もまた、怪盗《かいとう》キッドの正体《しょうたい》が黒羽快斗《くろばかいと》であると感《かん》づいているようだ。

快斗《かいと》としてはヒヤ汗《あせ》ものだったが、証拠《しょうこ》があるわけではないので、すっ、とぼけて、やりすごしている、という状況《じょうきょう》だ。

快斗《かいと》と紅子《あかこ》がいいあっていると、青子《あおこ》が、やっと意識《いしき》をとりもどした。

それに気《き》づいた紅子《あかこ》は、一瞬《いっしゅん》で長衣《ローブ》から制服姿《せいふくすがた》にもどった。手品《てじな》ではなく魔術《まじゅつ》だ。

「あら、気《き》づいたのね中森《なかもり》さん」

「紅子《あかこ》ちゃん……？」

青子《あおこ》は、なぜそこに紅子《あかこ》がいるのか事情《じじょう》がのみこめない。

「おばけなんていねーよ……正体《しょうたい》は、紅子《あかこ》」

快斗《かいと》は説明《せつめい》した。

「そうだったの？」

「そうなのよ……ときどき、ここでね、魔術《まじゅつ》の実験《じっけん》を――」

「ま、まじゅつ、まじゅつ⁉　なにそれ、紅子《あかこ》ちゃん？」

青子《あおこ》は、すっとんきょうな声《こえ》をあげた。

うっかり口《くち》をすべらせた紅子《あかこ》は、しまった、という感《かん》じで手《て》を口《くち》にあてる。

「え……いや、その……」

「マジックのことだよ」快斗《かいと》が助《たす》け船《ぶね》を出《だ》した。「紅子《あかこ》、マジックおぼえたいんだってよ。こんなとこでコソコソやってねーで、オレが教《おし》えてやるよー」

「ほ……ほんとにぃ？　うれしいー」

紅子《あかこ》は、わざと軽《かる》いノリで快斗《かいと》に返事《へんじ》をしながら、コソッと耳打《みみう》ちした。

「――手品《そんなの》、おぼえたいわけないでしょ……！　手品師《てじなし》は魔術師《まじゅつし》の天敵《てんてき》なのよ」

「なーんだ。そうだったんだぁ！」

素直《すなお》な青子《あおこ》は、快斗《かいと》のでっちあげた話《はなし》を信《しん》じたようだ。

「じゃ……ほら、帰《かえ》るぞ」

快斗《かいと》は、そういって青子《あおこ》に背中《せなか》をさしだした。

「ん？」

「また、たおれたら、めんどう見《み》きれねーからよー」

「ありがと、快斗《かいと》」

紅子《あかこ》は快斗《かいと》の背中《せなか》におぶさった。

「ったく、ほんと青子《あおこ》ってガキだよな」

「もー、ガキガキうるさいっ！」

隣同士《となりどうし》、自宅《じたく》に帰《かえ》っていくふたりを、紅子《あかこ》は見《み》おくった。

さみしそうに。

そんな自分《じぶん》の想《おも》いに気《き》がついて、紅子《あかこ》は、すぐに炎《ほのお》のごとき赤《あか》い怒《いか》りの感情《かんじょう》で、心《こころ》をおおいつくした。

赤魔術《あかまじゅつ》の正当《せいとう》な継承者《けいしょうしゃ》たる、紅子《あかこ》の虜《とりこ》にならないのは快斗《キッド》だけ。

まったく——

「なんで、あんな青子《ガキ》がいいのかしら……ムカつく！」

4

翌朝《よくあさ》。快斗《かいと》が登校《とうこう》すると、先《さき》に、青子《あおこ》が教室《きょうしつ》にいた。

「おう！　……あれ？　どーしたんだよ、それ」

青子《あおこ》の左手《ひだりて》の甲《こう》に包帯《ほうたい》がまかれていた。昨夜《さくや》、ケガはしなかったはずだが……。

「あ、これ？　ケガじゃないの、おまじない」

「おまじない？」

なんのゲンかつぎだ？　快斗《かいと》は首《くび》をひねる。

「さっき、紅子《あかこ》ちゃんがねー……」

＊

朝《あさ》、昇降口《しょうこうぐち》で、青子《あおこ》は紅子《あかこ》といっしょになった。

「――紅子《あかこ》ちゃん、昨日《きのう》はごめんねー。ホント、青子《あおこ》って子《こ》どもだよね」

昨夜《さくや》、トイレで気絶《きぜつ》してしまったことをテレくさそうに話《はな》すと、紅子《あかこ》は、そっと耳打《みみう》ちしてきた。

「じゃあ、大人《おとな》っぽくなれるおまじない、教《おし》えてあげよっか？」

紅子《あかこ》は青子《あおこ》の手《て》をとるなり、左手《ひだりて》の甲《こう》にマジックで書《か》きはじめた。

〝大人《おとな》〟と。

「こうやって書《か》いて、ハンカチをまくだけ……いいこと？　４日間《かかん》このままにしておくのよ。お風呂《ふろ》に入《はい》っても、ここだけは洗《あら》っちゃダメよ」

＊

「――というわけなの！　えへへー、いいでしょー」

青子《あおこ》が、快斗《かいと》に包帯《ほうたい》をまいた手《て》を見《み》せた。

「ケッ、くっだらねぇ」

「なによー！　快斗《かいと》こそ、やってもらったら？　この、おまじない」

「あんだとぉ!?」

なかよくケンカをするふたりを、にらみつける視線《しせん》があった。

カチカチカチ……

紅子《あかこ》だった。イラついて、シャープペンシルの芯《しん》をムダに出《だ》している。

(ふふふ……そんなおまじない、ウソにきまってるじゃない……！)

青子《あおこ》をからかっただけだ。

(黒羽快斗《くろばかいと》……！　世界中《せかいじゅう》の男《おとこ》は、私《わたくし》の虜《とりこ》！　すべての視線《しせん》は、私《わたくし》のひとりじめ……なのに、どうして……どうして、あなたはふりむいてくれないの？）

カチカチカチ………………

「おまえなんか！　いなくなってしまえばいいのよ！」

バキッ！

紅子《あかこ》は机《つくえ》にシャープペンシルを突《つ》き刺《さ》した。

いないなってい、い、い、いなくなってしまえば――

「…………！」紅子《あかこ》は、はっとした。「そうよ……快斗《かれ》を」

小声《こごえ》でつぶやく。

世界《せかい》で、たったひとり紅子《あかこ》の思《おも》いどおりにならない男《おとこ》。

魔術《まじゅつ》をつかっても、彼《かれ》を虜《とりこ》にすることができないのなら。

黒羽快斗《キッド》を、この世界《せかい》から消《け》してしまえばいい。

（――そして、のこる男《おとこ》どもは、みーんな、みーんな、私《わたくし》の意《い》のままに……ほほほ！　私《わたくし》としたことが、こーんなカンタンなことに気《き》づかないなんて……おほほほ！　私《わたくし》って、なんてお人《ひと》よしなんでしょう！）

ゾクッ

快斗《かいと》は、急《きゅう》に背筋《せすじ》をのばした。

「どーしたの？　快斗《かいと》」

「いや、ちょっと寒気《さむけ》が……」

その寒気《さむけ》は気《き》のせいではなかった。魔女《まじょ》・小泉紅子《こいずみあかこ》がはなったホンモノの殺意《さつい》だったのだから。

——紅子《あかこ》さま、どこへ？

——紅子《あかこ》さまぁ♡

席《せき》を立《た》とうとすると、男子《だんし》たちがあつまってきた。

もう術《じゅつ》をかけなくても、紅子《あかこ》のことを、お姫《ひめ》さまのようにチヤホヤしてくる。

「ほほほ……今日《きょう》は早退《そうたい》しますわ」

紅子《あかこ》は、そんな男子《だんし》どもに興味《きょうみ》はない。

手《て》に入《はい》らないから、ほしい。
それでも手《て》に入《はい》らないのなら、いっそ……。
(黒羽快斗《くろばかいと》……! せいぜい、のこりの人生《じんせい》を……楽《たの》しむがいい!)

5

魔力《まりょく》、もっとも充《み》つる満月《まんげつ》の夜《よる》。
紅子《あかこ》の屋敷《やしき》は、まがまがしい赤《あか》き魔《ま》の気《き》におおわれていた。
儀式《ぎしき》の間《ま》。
いつもより、はるかに複雑《ふくざつ》で高度《こうど》な魔法陣《まほうじん》が床《ゆか》にえがかれている。
使《つか》い魔《ま》のカラスたちが、さわがしい。
わかっているのだ。
これから紅子《あかこ》が召喚《しょうかん》——異界《いかい》からまねこうとするモノが、どれほど恐《おそ》るべき深淵《しんえん》の魔《ま》であるかを。

唱《とな》える。

「この世《よ》で、もっとも邪悪《じゃあく》な神《かみ》、ルシュファーよ！　いまこそ、その醜《みにく》い姿《すがた》をさらけだし、私《わたくし》の問《と》いにこたえなさい！」


ひと晩《ばん》で街《まち》を灰《はい》にし。

ふた晩《ばん》で王国《おうこく》を絶《た》やし。

三晩《みばん》で大陸《たいりく》を腐《くさ》らせ。

七日七晩《なのかななばん》で世界《せかい》を滅《ほろ》ぼすだろう。

五芒星《ペンタグラム》が記《しる》された符《フダ》を、触媒《スープ》の煮《に》えたぎる炉《ろ》に投《な》げいれる。

「――いでよルシュファー！　私《わたくし》のもとへ！」

ゴボッ

炉《ろ》がはげしく煮《に》えたち、やがてカタチをなしたモノは、

――だれだ　我《われ》を呼《よ》びだす愚《おろ》か者《もの》は

悪魔《あくま》。

カラスたちが、いっせいにざわめいた。

地上《ちじょう》にホイホイあらわれる、セコい小悪魔《こあくま》ではなかった。

複雑《ふくざつ》な儀式《ぎしき》と、魔術師《まじゅつし》の高《たか》い能力《のうりょく》がともなわなければ、召喚《しょうかん》したとたん、呼《よ》びだした者《もの》が命《いのち》をうしなうほどの。

きわめて高位《こうい》――魔王《まおう》クラスだ。

紅子《あかこ》は、ひるむことなく命《めい》じる。

「さぁ、こたえよルシュファー！　怪盗《かいとう》キッドの末路《まつろ》を！」

少《すこ》しでも恐《おそ》れを感《かん》じたなら、魔王《まおう》は、たちまち魔術師《まじゅつし》を喰《く》いつくすだろう。

——満月《まんげつ》の夜《よる》、罪《つみ》を犯《おか》したる者《もの》、天《てん》に道《みち》をつくり、真紅《しんく》の高《たか》き塔《とう》に身《み》をかくすべし

悪魔《あくま》は術者《じゅつしゃ》の望《のぞ》みをかなえ、問《と》いかけにこたえた。

紅子《あかこ》は、その暗示《あんじ》された言葉《ことば》の意味《いみ》を察《さっ》して、ニヤリと笑《わら》った。

——我《われ》に命令《めいれい》するきさま　何者《なにもの》

悪魔《あくま》ルシュファーの問《と》いかけに、紅子《あかこ》はこたえもせず、五芒星《ペンタグラム》の符《フダ》をひろいあげると、やぶりすてた。

「もうよい……さがれ」

魔王《まおう》さえ、しもべのように。

ルシュファーは炉《ろ》の溶液《ようえき》のなかに、ふたたび沈《しず》んでいった。

儀式《ぎしき》をおえると、紅子《あかこ》はふりかえった。

「例《れい》のモノはできておるか？」

「ごらんのとおり」

召使《めしつか》いの男《おとこ》が小箱《こばこ》をさしだした。

入《はい》っていたのは、赤《あか》い玉《たま》がはめられた、あやしげなブローチだ。

「念《ねん》には念《ねん》を……」

＊

雷鳴《らいめい》が轟《とどろ》く。


『――快斗《かいと》。マジシャンでいつづけるために、けっしてわすれてはならないことがある』

ジュークボックスの亡《な》き父《ちち》の声《こえ》は語《かた》った。

『それは……子《こ》どもの心《こころ》だ。そのことに気《き》づけたとき、おまえは大人《おとな》になる……わかったか？　快斗《かいと》』

レコードが盤面《ばんめん》から外《はず》され、クローゼットがひらく。

「……子《こ》どもの心《こころ》？」快斗《かいと》は苦笑《くしょう》をうかべる。「カンベンしてくれよ、親父《おやじ》。オレもう今年《ことし》で17だぜ？　とっくのむかしに大人《おとな》だよ！」

予告状《よこくじょう》は、すでに出《だ》した。

ビッグジュエルを狙《ねら》って、快斗《かいと》——怪盗《かいとう》キッドは夜《よる》に踏《ふ》みだすのだ。

友《とも》であるはずの月《つき》は、敵《てき》となり。

夜《よる》は、すでに魔女《まじょ》に支配《しはい》されているとは知《し》らずに。

6

怪盗《かいとう》キッドの予告状《よこくじょう》がとどいた博物館《はくぶつかん》では、警察《けいさつ》がものものしい警備《けいび》をしいていた。

「警部《けいぶ》！　全員配置《ぜんいんはいち》につきました！」

「いいか！　撃《う》つんじゃないぞ！　キッドは生《い》け捕《ど》りにするんだ！」

中森警部《なかもりけいぶ》は命《めい》じた。

怪盗《かいとう》キッドは、盗《ぬす》みはするが、故意《こい》に人《ひと》を傷《きず》つけたことはない。

だから知能犯《ちのうはん》をあつかう捜査二課《そうさにか》としては、知恵《ちえ》くらべでキッドに勝《か》たなくてはならない。

男《おとこ》・中森銀三《なかもりぎんぞう》にはプライドがあるのだ。

「くそぉキッドめ！　今日《きょう》こそ、とっつかまえてやる！」

中森警部《なかもりけいぶ》は、いったん展示室《てんじしつ》から出《で》ると廊下《ろうか》を見《み》まわった。

建物《たてもの》のなかだけではなく、外《そと》もたしかめなくてはならない。

「ほぉ、今日《きょう》は満月《まんげつ》か……」


コッ……　コッ……


気《き》づいたとき、足音《あしおと》は、中森警部《なかもりけいぶ》のすぐうしろにせまっていた。

「――だれだ!?」

気配《けはい》に気《き》づいた中森警部《なかもりけいぶ》がふりかえった瞬間《しゅんかん》、首《くび》に、なにかがからみついた。

首飾《くびかざ》り。

「うっ！　…………」

「いいことを教《おし》えてあげましょうか？　警部《けいぶ》さん……」

女《おんな》の声《こえ》がささやいた。

紅子《あかこ》だった。

「――今日《きょう》は、怪盗《かいとう》キッドの命日《めいにち》よ」

魔女《まじょ》の衣《ころも》をまとった女《おんな》の姿《すがた》をたしかめる前《まえ》に、中森警部《なかもりけいぶ》は意識《いしき》をうしなった。

＊

怪盗《かいとう》キッド――快斗《かいと》はビルの屋上《おくじょう》にいた。

「妙《みょう》だ……今日《きょう》は、いやな予感《よかん》がする」

夜《よる》の風《かぜ》に語《かた》りかける。

この胸《むな》さわぎは……。

「なーんちって」

口《くち》ではとぼけてみたものの、まったく笑《わら》えない。

いやな予感《よかん》は、けっして気《き》のせいではなかったのだ。

＊

犯行予告時刻《はんこうよこくじこく》の直前《ちょくぜん》になって、中森警部《なかもりけいぶ》は展示室《てんじしつ》にもどってきた。

「あっ、警部《けいぶ》！　どこ行《い》ってたんですか⁉」

「うるせえ！　ワシが、どこに行《い》こうとワシの勝手《かって》だ！」

話《はな》しかけてきた部下《ぶか》を、中森警部《なかもりけいぶ》は乱暴《らんぼう》につっぱねた。

ようすがおかしい。中森警部《なかもりけいぶ》の顔《かお》は紅潮《こうちょう》して、足《あし》どりがふらついていた。まさか一杯《いっぱい》ひつかけてきたわけはあるまいが。

――〈ラストエンペラーの金印《きんいん》〉

ビッグジュエルをあしらった黄金《おうごん》の印鑑《いんかん》。それが今回《こんかい》の怪盗《かいとう》キッドの獲物《えもの》だ。

「け……警部《けいぶ》…？」

警官《けいかん》たちが、あとずさる。

中森警部《なかもりけいぶ》の手《て》には、拳銃《けんじゅう》がにぎられていた。

ダンッ！　ダンッ！　ダンッ！　ダンッ！

発砲《はっぽう》。

いきなり中森警部《なかもりけいぶ》が拳銃《けんじゅう》を撃《う》った。

銃弾《じゅうだん》が〈ラストエンペラーの金印《きんいん》〉をのせた展示《てんじ》ケースをつらぬく。

「うわっ！」

見《み》れば、いま、まさに金印《きんいん》を、展示《てんじ》ケースの下《した》からのびた白《しろ》い手袋《てぶくろ》がつかもうとしていた。

「怪盗《かいとう》キッド⁉」

警官《けいかん》たちはおどろいた。

すでにキッドは博物館《はくぶつかん》に侵入《しんにゅう》して、展示《てんじ》ケースの下《した》にもぐりこんでいたのだ。

*

怪盗《かいとう》キッド――快斗《かいと》は〈ラストエンペラーの金印《きんいん》〉をうばうと展示《てんじ》ケースに立《た》った。

「まずいな、こりゃ」

今日《きょう》の中森警部《なかもりけいぶ》は、やけにさえていいる。

だが、いきなり撃《う》つとは、らしくない。

快斗《かいと》は靴《くつ》についた紐《ひも》をひっぱった。

ドルンッ

ローラーブレードに似《に》た靴《くつ》の車輪《しゃりん》が、猛回転《もうかいてん》をはじめる。紐《ひも》は、靴《くつ》に内蔵《ないぞう》された超小型《ちょうこがた》エンジンのスターターだ。それも寺井《ジイ》の友人《ゆうじん》だという例《れい》の、博士《はかせ》の発明品《はつめいひん》だった。

「はい、どいてどいて！」

ジャンプ！

ローラーの動力《どうりょく》を駆使《くし》して警官《けいかん》の壁《かべ》をこえると、展示室《てんじしつ》から出《で》て階段《かいだん》の手《て》すりに着地《ちゃくち》する。そのまま屋上《おくじょう》へと逃走《とうそう》をはかった。

「なにをしている⁉　撃《う》ってもかまわん！」

「しかし警部《けいぶ》……？」

さっきと、いっていることがちがう。

「どけ！　死《し》ね……死《し》ねっ！」

ダンッ！　ダンッ！　ダンッ！

中森警部《なかもりけいぶ》が拳銃《けんじゅう》を乱射《らんしゃ》する。

銃弾《じゅうだん》が白《しろ》いマントをかすめ、つらぬいていった。

（どうしたんだ、今日《きょう》の警部《けいぶ》は……!?）

そもそも中森警部《なかもりけいぶ》が、泥棒相手《どろぼうあいて》とはいえ人《ひと》にむけて拳銃《けんじゅう》を撃《う》つなど、これまでなら考《かんが》えられない。

快斗《かいと》は階段《かいだん》から屋上《おくじょう》に逃《に》げた。

背中《せなか》にしこんだ筒状《つつじょう》の射出器《しゃしゅつき》——ランチャーをかまえる。

ビルのむこう、数百《すうひゃく》メートル先《さき》に、東都《とうと》タワーがそびえていた。

ドンッ！

撃《う》ちだされたロープ付《つき》の鉤爪《かぎづめ》が、かなたにある東都《とうと》タワーの鉄骨《てっこつ》をつかんだ。

快斗《かいと》は、射出器《しゃしゅつき》をこちらのビルに固定《こてい》すると、ロープの上《うえ》をローラーでわたりはじめた。

「じゃあねー、警部《けいぶ》」

「くそぉ……！」

追《お》いついてきた警官隊《けいかんたい》をふりきった。

中森警部《なかもりけいぶ》のようすがおかしいことは気《き》になったが、いまは逃《に》げることだ。

ローラーを加速《かそく》すると、たちまち東都《とうと》タワーが見《み》えてきた。


——**満月《まんげつ》の夜《よる》、罪《つみ》を犯《おか》したる者《もの》、天《てん》に道《みち》をつくり、真紅《しんく》の高《たか》き塔《とう》に身《み》をかくすべし**

「…………ん？」

ただならぬ気配《けはい》に、快斗《かいと》はロープの上《うえ》で立《た》ちどまった。

「まってたわよ」魔女《まじょ》の衣《ころも》をまとった女《おんな》が声《こえ》を投《な》げた。「黒羽快斗《くろばかいと》……それとも怪盗《かいとう》キッドだったかしら……？」

7

地上数百《ちじょうすうひゃく》メートル。

東都《とうと》タワーの展望室《てんぼうしつ》の屋上《おくじょう》で怪盗《かいとう》キッドをまっていたのは、小泉紅子《こいずみあかこ》だった。

赤魔術《あかまじゅつ》の継承者《けいしょうしゃ》たる彼女《かのじょ》は、使《つか》い魔《ま》のカラスをあやつり、空《そら》を飛《と》ぶこともできる。

その手《て》には、処刑鎌《デスサイズ》。

死神《しにがみ》の首狩《くびか》り鎌《がま》をかかげた魔女《まじょ》は、赤《あか》い殺意《さつい》をまとって、不吉《ふきつ》な予言《よげん》をひっさげて立《た》ちはだかる。

「でも、もう、どちらでもおなじこと」紅子《あかこ》は笑《え》んだ。「死《し》んでしまえば、だれでもないのだから」

死《し》……。

絶体絶命《ぜったいぜつめい》の快斗《かいと》は、それでも冷静《れいせい》に考《かんが》えた。

相手《あいて》は魔女《まじょ》だ。彼女《かのじょ》は、人《ひと》の心《こころ》さえあやつる——

(中森警部《なかもりけいぶ》のようすがおかしいのは、まさか……)

快斗《かいと》の予想《よそう》はあたっていた。

先《さき》ほど紅子《あかこ》が中森警部《なかもりけいぶ》の首《くび》にかけたのは、殺意《さつい》を増幅《ぞうふく》する魔《ま》のブローチをつかった首飾《くびかざ》りだった。

もちろん快斗《かいと》には、そこまではわからない。

でも、こんな場所《ばしょ》で紅子《あかこ》がまっていたということは……すべてが、この魔女《まじょ》に仕組《しく》まれていたということ。

「はん！　このオレから命《いのち》を盗《ぬす》もうってわけか……だが！　オレは神出鬼没《しんしゅつきぼつ》の怪盗《かいとう》キッド……空《そら》だって飛《と》べるんだぜ！」

「ほほほほほ！　まるで子《こ》どもね！　なんでもできると信《しん》じてる！」

「…………」

「でも……私《わたくし》は、大人《おとな》よ！　あなたを、この世界《せかい》から消《け》し去《さ》ることだってできる！」

大人《おとな》は、口《くち》ばかりで無力《むりょく》な子《こ》どもを、たたきつぶせるのだ。

紅子《あかこ》は大鎌《おおがま》をふりかざした。

首《くび》を狩《か》るまでもなく、ロープを切《き》れば、快斗《かいと》は地上数百《ちじょうすうひゃく》メートルからまっさかさまだ。

「……どうした？　やれよ」

「おまえにいわれなくても……」

だが、魔女《まじょ》の表情《ひょうじょう》には、ためらいの色《いろ》があった。

「大人《おとな》なんだろ？　やってみろよ！」

「…………！」

風《かぜ》が、いっそう、はげしくふきつける。

ロープがはげしくゆれた。綱《つな》わたりをしている快斗《かいと》はもちろん、展望室《てんぼうしつ》の屋上《おくじょう》に立《た》っている紅子《あかこ》も、衣《ころも》を風《かぜ》にあおられて、体《からだ》ごともっていかれそうになる。

強《つよ》い風《かぜ》とともに、紅子《あかこ》の心《こころ》をゆるがせていたのは……。


——よぉ紅子《あかこ》、おはよ！

黒羽快斗《くろばかいと》は、紅子《あかこ》に、いつも気《き》さくに話《はな》しかけてきた。

正体《しょうたい》が魔女《まじょ》だと知《し》ってからも。

ほかの女子《じょし》とおなじように。クラスメイトとおなじように。

ほかの男子《だんし》のように紅子《あかこ》を特別《とくべつ》あつかいはせず。かしづくことも、虜《とりこ》になることもなく。


──魔女《まじょ》が涙《なみだ》をおとしたら、その魔力《まりょく》を永遠《えいえん》にうしなってしまう。


だから紅子《あかこ》は、怪盗《かいとう》キッド──快斗《かいと》を恐《おそ》れていた。

思《おも》いどおりにならないなら消《け》してしまえ、と。

だけど……

そんなにも魔女《まじょ》の心《こころ》をゆさぶった男《おとこ》は、黒羽快斗《くろばかいと》しかいなかった。

だからこそ、いとおしいほど、恐《おそ》ろしい。

紅子《あかこ》はこのとき、まったく冷静《れいせい》ではなかった。そして肝心《かんじん》なことについては、なんの覚《かく》悟《ご》もないまま、この戦《たたか》いのステージにあがってしまった。

「くっ………！」

紅子《あかこ》は迷《まよ》う。

ここにいたって紅子《あかこ》は——聡明《そうめい》な魔女《まじょ》は、自分《じぶん》が快斗《かいと》に対《たい》して〝殺意《さつい》〟をいだいていたのではなかったと気《き》づいてしまった。

みとめてしまった。

紅子《あかこ》は、快斗《かいと》を、恐《おそ》ろしいと感《かん》じるほど深《ふか》く——想《おも》いをよせてしまったのだと。

惹《ひ》かれたのだ。

快斗《かいと》のことを考《かんが》えると、苦《くる》しくて、さみしくて、どうしようもなく、心《こころ》をかきみだし、涙《なみだ》を流《なが》すほどの激情《げきじょう》におそわれたとしても。

魔女《まじょ》の涙《なみだ》とひきかえに、チカラと、彼女《かのじょ》のすべてをうしなったとしても。

紅子《あかこ》のすべてをさらけだして、たがいの秘密《ひみつ》をわかちあう、危険《きけん》な、この関係《ゲーム》に身《み》を投《とう》じたい。

怪盗《かいとう》キッドの秘密《ひみつ》をひとりじめして、快斗《かいと》の時間《じかん》を独占《どくせん》したい。

こうして彼《かれ》と、むかいあっていたい。

紅子《あかこ》の想《おも》いとは、ただ、そのていどのことだった。

そして、もし、それが叶《かな》わないなら。

消《け》してしまいたいのは快斗《かいと》の存在《そんざい》ではなく、紅子《あかこ》——魔女《まじょ》である自分自身《じぶんじしん》なのか。

快斗《かいと》は、まさか魔女《まじょ》が自分《じぶん》に好意《こうい》をいだきはじめていたとまでは、思《おも》いもよらない。

「キミにはムリだ」それでも快斗《かいと》は、紅子《あかこ》の迷《まよ》いを見透《みす》かした。「人《ひと》の命《いのち》は、キミには重《おも》すぎる」

どんなに、すごいチカラをもっていても。魔術《まじゅつ》がつかえても。

「あなたなんかに……」

紅子《あかこ》は、みとめさせられた。

相手《あいて》に、感情《かんじょう》にゆさぶられているうちは、子《こ》どもなのだ。

「快斗《あなた》なんかに！　私《わたくし》の気持《きも》ちなんか、わからないわ！」

勝《か》てない。

好《す》きになったほうが負《ま》けなのだ。冷静《れいせい》でいられなくなるから。


ダンッ！

遠《とお》くで銃声《じゅうせい》が響《ひび》いた。

直後《ちょくご》、宙《ちゅう》にわたされたロープが張《は》りをうしなった。

切《き》れた。むこうのビルで、中森警部《なかもりけいぶ》が銃《じゅう》でロープを切《き》ったのか。

「！」

快斗《かいと》は足場《あしば》をうしなう。

さらに、たわんだロープに足《あし》をとられて、屋上《おくじょう》の端《はし》にいた紅子《あかこ》まで――おちた。

「きゃあ――」

それを見《み》て、快斗《かいと》はローラーのパワーを全開《ぜんかい》にした。

ロープをつたって飛《と》ぶと、タワーからおちた紅子《あかこ》を空中《くうちゅう》でだきかかえる。

「ゲッ！」

だが、いきおいがつきすぎた。

展望室《てんぼうしつ》の下部《かぶ》をささえる鉄骨《てっこつ》にぶつかる。快斗《かいと》は、それでも紅子《あかこ》をかかえたまま体勢《たいせい》を立《た》てなおした。タワーをすりぬけて、ふたたび宙《ちゅう》に身《み》をおどらせる。

そのときにはもう、快斗《かいと》は、この危機的状況《ききてきじょうきょう》をコントロールしていた。

バッ――

ハンググライダーがひらく。

快斗《かいと》は、からくも逃走《とうそう》に成功《せいこう》したのだった。

8

魔女《まじょ》をいだいた怪盗《かいとう》が、飛《と》ぶ。

別《べつ》のビルの屋上《おくじょう》に着地《ちゃくち》すると、快斗《かいと》は、そっと紅子《あかこ》をおろした。

白《しろ》いマント――

銀《ぎん》の、やわらかな月《つき》の光《ひかり》をあびた片眼鏡《モノクル》の横顔《よこがお》に、紅子《あかこ》は、気《き》がつくとすいこまれていた。

「キミだって子《こ》どもじゃないか」

「ちがうわよ……」

我《われ》にかえって、紅子《あかこ》は体《からだ》をはなした。

「ちがわねぇよ。大人《おとな》になろうと背《せ》のびをして、空《そら》ばかり見《み》ている」

「それは、あなたのことじゃない！」

「ああ」

そのとおりだ、と快斗《かいと》はこたえた。

「………？」

「オレは怪盗《かいとう》キッドだ」

大人《おとな》であろうと、子《こ》どもであろうと。

必要《ひつよう》なのは〝キッド〟という――信念《しんねん》だ。

父《ちち》の命《いのち》をうばった〝組織《そしき》〟と命《いのち》がけで戦《たたか》うなど、信念《しんねん》がなくては、成《な》せはしない。

たとえ他人《たにん》の心《こころ》をあやつり、悪魔《あくま》さえしたがえる魔女《まじょ》であっても。いまの紅子《あかこ》には、成《な》そうとする目的《もくてき》も、ささえる信念《しんねん》もなかった。

だから紅子《あかこ》に、人《ひと》の命《いのち》は重《おも》すぎた。

快斗《かいと》は盗《ぬす》んだ獲物《えもの》――〈ラストエンペラーの金印《きんいん》〉にあしらわれた大粒《おおつぶ》の宝石《ほうせき》を外《はず》すと、満月《まんげつ》にかざした。

「……またハズレか。しょうがねえ、こっそりかえしておくか」

「ビッグジュエル……」宝石《ほうせき》を月《つき》にかざした快斗《かいと》の行動《こうどう》で、紅子《あかこ》は感《かん》づいた。「まさか、あなたが狙《ねら》っているのって――」

伝説《でんせつ》の命《いのち》の石《いし》〈パンドラ〉……！

「……で、中森警部《なかもりけいぶ》は、どうやったらもとにもどるんだ？」

あれでも青子《あおこ》の父親《ちちおや》なんだぞ、と。

「あの術《じゅつ》は、ほうっておいてもとけるわ……あ、まって！」

ザッ

呼《よ》びとめる声《こえ》も聞《き》かず、白《しろ》いマントがふたたび身《み》を宙《ちゅう》に投《な》げた。

紅子《あかこ》はビルから身《み》をのりだしたが、手品師《てじなし》は、そのときにはもう夜《よる》の闇《やみ》に消《き》えていた。

「もぉ……」

と、背《せ》のびをしていた自分《じぶん》に気《き》がつく。

すっかり子《こ》どもあつかいされてしまった。

「大人《おとな》になろうと背《せ》のびをしている……フン、キザな男《おとこ》！」

でも、ムカついたけど、いやな感《かん》じはしなかった。

私《わたくし》は、子《こ》ども。

そして、あの手品師《てじなし》への魔術師《まじゅつし》としてのフクザツな気持《きも》ちも、ひっくるめて、ひとまずうけいれた。

——もう、快斗《かいと》に消《き》えてほしくない。

そうしたら少《すこ》し楽《らく》になった。泣《な》きたいとは思《おも》わなくなった。

9

その夜《よる》。

中森家《なかもりけ》のリビングは、ご近所迷惑《きんじょめいわく》にも大《おお》さわぎになっていた。

「これも消《け》せー！　あれも消《け》せー！」

中森警部《なかもりけいぶ》は、自宅《じたく》に帰《かえ》るなりテレビを消《け》し、青子《あおこ》の携帯電話《けいたいでんわ》の電源《でんげん》も消《け》して、ありとあらゆる家電《かでん》のスイッチを消《け》しはじめた。

「なにもかも消《け》し去《さ》るのだ――！　ハーッハッハッハッハ――――！」

とうとう部屋《へや》の照明《しょうめい》まで消《け》した中森警部《なかもりけいぶ》は、高笑《たかわら》いをあげた。

どかっ

部屋《へや》の明《あ》かりがつくと、そこにはムーっとした青子《あおこ》が立《た》っていた。

「いーかげんにしなさいっ！　酔《よ》っぱらい！」

「………？　はい」

娘《むすめ》に殴《なぐ》られた拍子《ひょうし》に首飾《くびかざ》りが外《はず》れた。中森警部《なかもりけいぶ》は、やっと我《われ》にかえった。

10

翌朝《よくあさ》。

「痛《い》てて……」

全身《ぜんしん》にスリ傷《きず》をつくった快斗《かいと》が登校《とうこう》すると、青子《あおこ》は目《め》をまるくした。

心配《しんぱい》するのかと思《おも》えば、左手《ひだりて》にまかれた包帯《ほうたい》を見《み》て、プッと笑《わら》う。

「あっ、大人《おとな》になれるおまじないだ」

「バーロー！　オレが、そんなことするわけねーだろ？」

昨夜《さくや》、東都《とうと》タワーの鉄骨《てっこつ》にぶつかってできた傷《きず》だ。そんなことは口《くち》がさけてもいえないが。

「まー、テレちゃって。快斗《かいと》ったら、こっどもー」

「うるせぇ〜！　てめーなんか赤《あか》ん坊《ぼう》じゃねーか！」

「なによー！」

と、そこに紅子《あかこ》がやってきて、ふたりの前《まえ》を通《とお》りすぎた。

「ふたりとも、まだまだ子《こ》どもですわよ……ほほほ」

ところが、紅子《あかこ》の手《て》の甲《こう》にも、なぜか包帯《ほうたい》がまかれていた。

「あれ、紅子《あかこ》ちゃんの手《て》……」

「？」

昨夜《さくや》、紅子《あかこ》はケガをしていないはずだが……。

快斗《かいと》は、青子《あおこ》と顔《かお》を見《み》あわせた。

「大人《おとな》になれる、おまじない！」

番外編《EXTRA》　ブラック・スター

1

夜《よる》をさわがせ、ヘリが飛《と》びかう。

博物館《はくぶつかん》の周辺《しゅうへん》は、警察車両《けいさつしゃりょう》でうめつくされていた。

「闇夜《やみよ》に、鉄《てつ》のカラスが2羽《わ》……その奥《おく》にもう3羽《わ》……おっとっとー、装甲車《そうこうしゃ》まで用意《ようい》してやがる」

ヘリが計《けい》5機《き》に、対《たい》テロ・暴動鎮圧用《ぼうどうちんあつよう》の特型警備車《とくがたけいびしゃ》まで動員《どういん》されていた。

これから、戦争《せんそう》がはじまるようなさわぎだ。

「さーすが警視庁《けいしちょう》、気合《きあ》い入《はい》ってんじゃねーか！」

赤外線暗視《せきがいせんあんし》スコープから目《め》をはなす。

これらはすべて、たったひとりの泥棒《どろぼう》——自分《じぶん》のためのそなえであることに、快斗《かいと》は緊張《きんちょう》をおぼえずにはいられない。

膝《ひざ》がふるえるほどのプレッシャーをあびながら、ふしぎと心地《ここち》よく。

なにしろ今夜《こんや》、予告状《よこくじょう》で狙《ねら》った獲物《えもの》は、あの——

「おやめください、快斗《かいと》ぼっちゃま……今回《こんかい》の仕事《ヤマ》……なにか、いやな胸《むな》さわぎがします」

ひかえていた寺井黄之助《ジイこうのすけ》が、不安《ふあん》げな顔《かお》をむけた。

「ジイちゃん」

「以前《いぜん》のような窮地《きゅうち》に追《お》いこまれ、ぼっちゃまの身《み》にもしものことがあれば、この寺井《ジイ》、先代《せんだい》のキッドである盗一《とういち》さまの霊前《れいぜん》に、なんとおわびすればよいやら……」

寺井《ジイ》は心配性《しんぱいしょう》だ。

ありがたいことだが、一方《いっぽう》で、それは初代怪盗《しょだいかいとう》キッドだった父《ちち》・盗一《とういち》とくらべて、快斗《かいと》は、まだまだ未熟《みじゅく》で安心《あんしん》できない……といっているわけでもある。

「……ったく、でけぇヤマの前《まえ》には、いつもこれだ」快斗《かいと》は苦笑《くしょう》をかえした。「カンベンしてくれよ。それに今夜《こんや》のオレは、あんたが付き人《つびと》をつとめた奇術師《きじゅつし》・黒羽盗一《くろばとういち》の息子《むすこ》でも、高校生《こうこうせい》の快斗《かいと》ぼっちゃまでもない！　いま、世間《せけん》をさわがせている……」

シルクハットを手《て》にして、白《しろ》い布《ぬの》をひきだす。

その一瞬《いっしゅん》で、快斗《かいと》はステージ衣装《いしょう》に着《き》がえた。

「──キザな悪党《あくとう》だよ」

黒羽快斗《くろばかいと》は怪盗《かいとう》キッドとなって、摩天楼《まてんろう》の影《ひかり》にひそむ。

夜《よる》は、盗《ぬす》みの時間《じかん》だ。

ふと快斗《かいと》は、むかしのことを思《おも》いかえした。

（そういえば……あのときも、相当《そうとう》ヤバいヤマだったよなぁ）…………

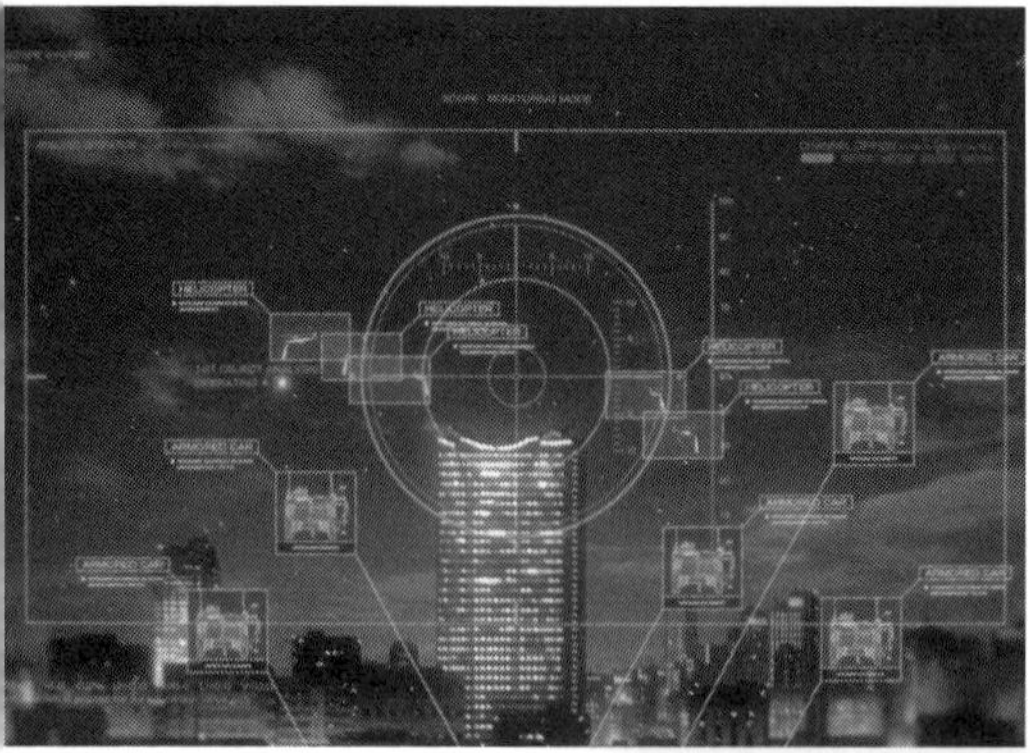

2

少《すこ》し、時間《じかん》をさかのぼる。

8年《ねん》ぶりに復活《ふっかつ》した怪盗《かいとう》キッドは、連日《れんじつ》のようにメディアをにぎわせるようになった。

――怪盗《かいとう》キッド、またまた華麗《かれい》にお宝《たから》ゲット！

その日《ひ》も快斗《かいと》は、登校《とうこう》するなりタブレットでニュースサイトを巡回《じゅんかい》して、悦《えつ》に入《い》っていた。

「ちょろい、ちょろすぎる……こりゃー、つぎの仕事《しごと》も小指《こゆび》の先《さき》で、ちょちょいのちょいだぜ！　ケケケ……」

怪盗《かいとう》キッドの話題《わだい》は新聞《しんぶん》だけでなく、奥様《おくさま》の女性誌《じょせいし》やおっさんのスポーツ新聞《しんぶん》、漫画誌《まんがし》でも、あることないこと、おもしろおかしく書《か》かれていた。

――キッドに魅了《みりょう》された女性《じょせい》ファン急増中《きゅうぞうちゅう》。

（たまんねぇな、こりゃ……）

ニヤニヤがとまらない快斗《かいと》の手《て》から、タブレットがとりあげられた。

「なーにが女性《じょせい》ファン急増中《きゅうぞうちゅう》よ……あーんな泥棒《どろぼう》、青子《あおこ》んなかじゃねー！　最低男街道《さいていおとこかいどう》ダントツ独走《どくそう》まっしぐらよ！」

中森青子《なかもりあおこ》。

警察官《けいさつかん》の娘《むすめ》である快斗《かいと》の幼《おさな》なじみは、怪盗《かいとう》キッドが大嫌《だいきら》いだ。

「まー、そう怒《おこ》るなよ！　いくらあの泥棒《どろぼう》に、オメーの親父《おやじ》のあ、あ、あのへ、ボ警部《けいぶ》が毎回毎回《まいかいまいかい》やられてるっていったって……しゃーねーだろ？　なんたって、ヤツは……ワン・ツー・スリー」

快斗《かいと》は青子《あおこ》からタブレットをとりかえすと、いきなり宙《ちゅう》に投《な》げた。

あわてた青子《あおこ》は反射的《はんしゃてき》にタブレットをキャッチする。

「!?」

「確保不能《かくほふのう》の大怪盗《だいかいとう》なんだからよ！」

——確保不能《かくほふのう》の大怪盗《だいかいとう》。

タブレット画面《がめん》には、キッドをもてはやす記事《きじ》が表示《ひょうじ》されていた。

怪盗《かいとう》キッドは好《この》んで大粒《おおつぶ》の宝石《ほうせき》ばかりを狙《ねら》う。

ところが盗《ぬす》んだものは、どういうわけか、すべて、しばらくして警察《けいさつ》や持《も》ち主《ぬし》のもとにかえってくるのだ。

この怪盗《かいとう》キッドの謎《なぞ》の行動《こうどう》は、いろいろな憶測《おくそく》を呼《よ》んだ。

キッドを、たんなる泥棒《どろぼう》ではない、わけありい、い、わけありのヒーローのようにあつかう風潮《ふうちょう》もひろまっていた。

キッドが嫌《きら》いな青子《あおこ》は、高校生《こうこうせい》くらいの年代《ねんだい》では、どちらかというと少数派《しょうすうは》なのだ。

「なにさ！　キッドとおなじで、ちょっと手品《てじな》ができるからって、いつもキッドの肩《かた》もっちゃって」

「つーか……」

肩《かた》をもつもなにも、目《め》の前《まえ》にいるのが怪盗《かいとう》キッド本人《ほんにん》だ。

もちろんキッドの正体《しょうたい》は、ぜったいにナイショだったが。

「あんなの、盗《ぬす》んだものをすてたり、あとでこっそりかえしたりしてる、ただの善人《ぜんにん》ぶった愉快犯《ゆかいはん》じゃない！」

予告状《よこくじょう》で警察《けいさつ》をあおって、社会《しゃかい》をさわがせて楽《たの》しんでいるだけだ。

そのたびにふりまわされる父親《ちちおや》を見《み》ている青子《あおこ》は、たんなる金《かね》めあての泥棒《どろぼう》よりも、キッドのことが憎《にく》たらしいのだろう。

「あら」

通《とお》りがかった女子生徒《じょしせいと》——小泉紅子《こいずみあかこ》が、さりげなく快斗《かいと》に顔《かお》をよせた。

「私《わたくし》は、彼《かれ》のそーいうトコ、好《す》きよ……」

「！」

快斗《かいと》はゾクッとした。

学校一《がっこういち》の美女《びじょ》にドキドキした……わけじゃない。

紅子《あかこ》の正体《しょうたい》は、魔女《まじょ》。

そして快斗《かいと》が、怪盗《かいとう》キッドであることに気《き》づいている。もちろん快斗《かいと》は、みとめたわけではないが。

手品師《かいと》と魔術師《あかこ》は、おたがいの正体《しょうたい》——秘密《ひみつ》を共有《きょうゆう》しながら、ときには命《いのち》のやりとりをしたこともある。

「イタズラ好《ず》きの少年《しょうねん》みたいで、カワイイじゃない」

「紅子《あかこ》ちゃん……だまされちゃダメ！　キッドは、どーころんでも犯罪者《はんざいしゃ》！　悪者《わるもの》なんだから！」

（ハハハ……）

快斗《かいと》は苦笑《くしょう》するしかない。

善《ぜん》とか悪《あく》とか……魔女《まじょ》は、そういう道徳《どうとく》みたいなものを超越《ちょうえつ》した存在《そんざい》なのだ。

「それにニュースで見《み》たでしょ？　キッドの、つぎの獲物《えもの》！」

「ああ……駅前《えきまえ》の古《ふる》い時計台《とけいだい》だったかしら……」

転校生《てんこうせい》の紅子《あかこ》にはなじみがないようだが、この街《まち》の駅前《えきまえ》には、時計台《とけいだい》がある。

ヨーロッパの鐘楼《しょうろう》をイメージさせる高《たか》い塔《とう》は、このあたりのランドマークだ。

「そうよ！　あれは、この街《まち》のみんなのものなのよ！　なのに、その時計《とけい》を盗《ぬす》むなんて、ひどいと思《おも》わない？」

「ええ、そうね……」

紅子《あかこ》は、そこで快斗《かいと》をちらっと見《み》た。「どういうわけなの？」と。

快斗《かいと》は、なぜ怪盗《かいとう》キッドとして盗《ぬす》みをはたらいているのか。さすがの紅子《あかこ》も、黒羽盗一《くろばとういち》と〝組織《そしき》〟をめぐる因縁《いんねん》までは知《し》らない。

「それに、あそこは……あの時計台《とけいだい》は……」

青子《あおこ》はシュンとした。

「でも、あの時計台《とけいだい》、もうすぐ移築《いちく》されちゃうって聞《き》いたよ？」

話《はなし》に入《はい》ってきたのは桃井恵子《ももいけいこ》だった。

時計台《とけいだい》をいったん解体《かいたい》して、別《べつ》の場所《ばしょ》——テーマパークに建《た》てなおすのだという。

「——どーせなくなっちゃうなら、キッドに盗《と》られたほうがいいって、みんないってたし」

「ダメなものはダメなの！」

青子《あおこ》は、とにかく泥棒《どろぼう》がもちあげられる風潮《ふうちょう》にイライラしていた。

「ねぇ」紅子《あかこ》が快斗《かいと》に耳打《みみう》ちした。「どういうつもりか知《し》らないけど……今回《こんかい》の仕事《しごと》、手《て》をひいたほうがよくってよ」

「だーかーらー……いってんだろ？　オレはキッドじゃねーって」

快斗《かいと》はコソッといいかえした。

「時告《ときつ》ぐる古《ふる》き塔《とう》、二万《にまん》の鐘《かね》を謳《うた》うとき……光《ひかり》の魔人《まじん》、東《ひがし》の空《そら》より飛来《ひらい》し、白《しろ》き罪人《ざいにん》を滅《ほろ》ぼさん」

「はぁ？　また、なんかの占《うらな》いか？」

光《ひかり》の魔人《まじん》？　白《しろ》き罪人《ざいにん》？　なんのことだ。

「占《うらな》いじゃないわ。邪神《じゃしん》ルシュファーが私《わたくし》につげた予言《よげん》よ」

「ル……ルシュ……？」

「あの時計台《とけいだい》が2万回《まんかい》の鐘《かね》を鳴《な》らす日《ひ》が、ちょうど、あなたが予告《よこく》した夜《よる》……」

そのとき光《ひかり》の魔人《まじん》が、白《しろ》き罪人《ざいにん》──怪盗《かいとう》キッドの身《み》を破滅《はめつ》させる。

と、そのときチャイムが鳴《な》って、先生《せんせい》が教室《きょうしつ》に入《はい》ってきた。

「──信《しん》じるか信《しん》じないかは、あなたの勝手《かって》だけどね」

警告《けいこく》すると、紅子《あかこ》は自分《じぶん》の席《せき》にもどっていった。

3

ヘリのサーチライトが夜《よる》を切《き》り裂《さ》き、パトカーの警告灯《けいこくとう》があたりを照《て》らす。

まるで、主役《しゅやく》の登場《とうじょう》をまつスポットライト。

キッドの予告状《よこくじょう》をうけて、あたりには数百《すうひゃく》……数千人《すうせんにん》があつまっていた。

なにしろ、今回《こんかい》の獲物《えもの》は時計台《とけいだい》だ。

美術館《びじゅつかん》や博物館《はくぶつかん》であれば、閉館《へいかん》してしまえば一般人《いっぱんじん》は立《た》ちいれない。だが、いくら警察《けいさつ》でも駅前《えきまえ》を完全封鎖《かんぜんふうさ》することは困難《こんなん》だった。

いかにしてキッドは、あの巨大《きょだい》な時計台《とけいだい》、その大時計《おおどけい》を盗《ぬす》もうというのか。

ひと目《め》、怪盗《かいとう》キッドを見《み》ようとあつまった野次馬《やじうま》たち。

ここにいるのは、みな、物体消失《ぶったいしょうしつ》のイリュージョンを見物《けんぶつ》にきた観衆《かんしゅう》たちだ。怪盗《かいとう》キッドは、すでに一流《いちりゅう》のマジシャン――エンターテイナーとしても世間《せけん》にみとめられていた。

た。

＊

「上空《じょうくう》を飛行中《ひこうちゅう》のヘリおよび、時計台周辺《とけいだいしゅうへん》をパトロール中《ちゅう》の、全車両《ぜんしゃりょう》に告《つ》ぐ！」

時計台《とけいだい》の上層《じょうそう》――機械室《きかいしつ》があるフロアの一室《いっしつ》に陣取《じんど》ると、中森警部《なかもりけいぶ》は無線《むせん》で指示《しじ》をだした。

「――不審人物《ふしんじんぶつ》を発見次第《はっけんしだい》、ただちにワシに報告《ほうこく》！　館内《かんない》の各《かく》ブロックを警戒中《けいかいちゅう》の各員《かくいん》は、ワシの指示《しじ》があるまで、だれも通《とお》すな！　まかされたエリアを死守《ししゅ》するんだ！」

警視庁《けいしちょう》の威信《いしん》にかけて。中森警部《なかもりけいぶ》はハッパをかけた。

時計台《とけいだい》の周辺《しゅうへん》、内部《ないぶ》に設置《せっち》された防犯《ぼうはん》カメラの映像《えいぞう》は、すべて、この警備指揮所《けいびしきしょ》のモニタに映《うつ》されている。

「しかし中森警部《なかもりけいぶ》……本当《ほんとう》にキッドは来《く》るんでしょうか？」

部下《ぶか》の刑事《けいじ》が疑問《ぎもん》をはさんだ。

「あん？」

「彼《かれ》の予告状《よこくじょう》はこうでしたよね……？」

——月《つき》が満《み》ちる土曜《どよう》の夜《よる》、
零時《れいじ》の鐘《かね》とともに、貴方《あなた》の懐《ふところ》より、天高《てんたか》き時計《とけい》をいただきに参上《さんじょう》する。

「——あんな大《おお》きな時計《とけい》、クレーンでもないと盗《と》れないかなぁー、なんて……」

とたんに中森警部《なかもりけいぶ》は、部下《ぶか》のネクタイをひっぱった。

「バカヤロー！　ヤツはなぁー！　盗《ぬす》むっつったら盗《ぬす》むんだよ！」

中森警部《なかもりけいぶ》は、ある意味《いみ》においてキッドを信頼《しんらい》していた。

ヤツは盗《ぬす》むといったら、かならず盗《ぬす》むのだ。

「——時計《とけい》の針《はり》ですよ」

その声《こえ》に、中森警部《なかもりけいぶ》がふりかえる。

指揮所《しきしょ》にあらわれたのは壮年《そうねん》の男《おとこ》だった。この時計台《とけいだい》の所有者《オーナー》だ。

「この時計台《とけいだい》の時計《とけい》は、市長《しちょう》だった父《ちち》が、外国《がいこく》の有名時計技師《ゆうめいとけいぎし》に大枚《たいまい》をはたいてつくらせたもので……」

オーナーの男《おとこ》が説明《せつめい》した。

この時計台《とけいだい》ができたのは半世紀《はんせいき》あまり前《まえ》だという。

大時計《おおどけい》の短針《たんしん》には、時計技師《とけいぎし》のサインとともに、大粒《おおつぶ》のダイヤモンドが数個《すうこ》うめこまれているそうだ。

「美術的評価《びじゅつてきひょうか》も高《たか》いシロモノ……怪盗《かいとう》キッドの狙《ねら》いは、その宝石《ほうせき》でしょうな」

大粒《おおつぶ》のダイヤモンド。なるほど、いかにもキッドが狙《ねら》いそうな、お宝《たから》だ。

「……なんでオーナーが、なかに入《はい》ってんだ？」

中森警部《なかもりけいぶ》は部下《ぶか》の耳《みみ》をひっぱった。

「ぜひ、自分《じぶん》の目《め》で警備態勢《けいびたいせい》を確認《かくにん》したいと……」

「んなこた聞《き》いてねぇ！」

怪盗《かいとう》キッドは変装《へんそう》の名人《めいじん》だ。関係者《かんけいしゃ》こそが、いちばんあやしい。

「とにかく、守《まも》ってくださいよ。ふざけた予告状《よこくじょう》をおくりつけた、あのコソドロの魔《ま》の手《て》から……！　亡《な》き父《ちち》からうけついだ、私《わたし》の愛《あい》するこの時計台《とけいだい》を」

オーナーは、そういって指揮所《しきしょ》から出《で》ていった。

「ところで警部《けいぶ》？　白馬警視総監《はくばけいしそうかん》の息子《むすこ》さんの、探《さぐる》くん……最近《さいきん》、見《み》かけませんけど」

部下《ぶか》がたずねた。

白馬探《はくばさぐる》は有名《ゆうめい》な探偵《たんてい》だ。いくつもの難事件《なんじけん》を解決《かいけつ》しており、先日《せんじつ》は怪盗《かいとう》キッドともやりあった。

「ああ……なんでも、やりのこした事件《じけん》があるとかで、ロンドンに帰《かえ》ってるそうだ」

白馬探《はくばさぐる》は娘《むすめ》の青子《あおこ》とクラスメイトだったので、中森警部《なかもりけいぶ》は彼《かれ》の消息《しょうそく》を知《し》っていた。

「それは心細《こころぼそ》いですね」

「バカタレ！」中森警部《なかもりけいぶ》は部下《ぶか》にカミナリをおとした。「あんなコスプレ探偵《たんてい》ボウズに、たよってられっかー！」

＊

時計台《とけいだい》の裏手《うらて》。ここでも、1台《だい》のパトカーが警戒《けいかい》にあたっていた。

「予告時刻《よこくじこく》まで、あと28分《ぷん》30秒《びょう》……」

運転席《うんてんせき》の男《おとこ》は後部座席《こうぶざせき》をふりかえった。

口《くち》をテープでふさがれた警官《けいかん》が、気《き》をうしなって横《よこ》になっている。

「――では、江古田在住《えこだざいじゅう》27歳独身《さいどくしん》の泉水陽一巡査《せんすいよういちじゅんさ》……名前《なまえ》とお顔《かお》、お借《か》りしますよ」

快斗《かいと》だった。

警官《けいかん》の制服《せいふく》を着《き》た快斗《かいと》は、泉水巡査《せんすいじゅんさ》そっくりな顔《かお》マスクをかぶって変装《へんそう》し、パトカーから外《そと》に出《で》た。

4

予告時刻《よこくじこく》がせまるにつれて、時計台《とけいだい》のまわりの人出《ひとで》は、ますます増《ふ》えていた。

「すごい数《かず》の野次馬《やじうま》だな」

時計台《とけいだい》から出《で》たオーナーは、息《いき》をついた。

「だいじょうぶでしょうか……?」オーナーの部下《ぶか》は気《き》が気《き》でないようすだ。「テーマパーク側《がわ》は、明日《あした》から移築工事《いちくこうじ》をはじめないと開催日《かいさいび》に間《ま》にあわないから、時計台《とけいだい》の買《か》い取《と》りはキャンセルするといっています」

「警備《けいび》は完璧《かんぺき》だ」

「それに、もしキッドにあの短針《たんしん》にうめこまれた宝石《ほうせき》を盗《ぬす》まれ、見《み》やぶられでも……」

「しっ！」

オーナーは顔色《かおいろ》を変《か》えて、あたりを気《き》にした。

「……もうしわけありません」

ふたりは人《ひと》ごみをさけて、いったん彼《かれ》らの車《くるま》にもどった。

「――短針《たんしん》のダイヤをすでに売《う》りさばいて、模造品《ニセモノ》にすりかえていることは、私《わたし》とおまえしか知《し》らぬこと……」

「はい、社長《しゃちょう》……」

彼《かれ》らの会社《かいしゃ》は、事業《じぎょう》に失敗《しっぱい》して多額《たがく》の負債《ふさい》をかかえていた。

短針《たんしん》のダイヤなど、とっくに借金《しゃっきん》の穴《あな》うめにつかってしまっていたのだ。

「それに怪盗《かいとう》キッドが狙《ねら》っているということで、時計台《とけいだい》が話題《わだい》になり価値《かち》がはねあがった。いまが売《う》りどきだ……！」

移築《いちく》したあとで、短針《たんしん》の宝石《ほうせき》がニセモノだとわかろうが知《し》ったことではない。

——すべて現状《げんじょう》のまま、ゆずりわたす。

そういう契約書《けいやくしょ》になっている。契約《けいやく》した時点《じてん》でニセモノだったのだから、文句《もんく》をいわれる筋合《すじあ》いはない。

「だいいち、盗《ぬす》まれるわけなかろう！　こんな大衆《たいしゅう》の面前《めんぜん》で、あの巨大《きょだい》な時計《とけい》が……いかに神出鬼没《しんしゅつきぼつ》の大泥棒《おおどろぼう》でもな」

＊

——キッド！　キッド！　キッド！　キッド！　…………


時計台《とけいだい》をかこんだ群衆《ぐんしゅう》から、期《き》せずしてキッドコールがあがりはじめた。

みな、怪盗《かいとう》キッドがやってのけることを期待《きたい》している。

ところが、そのなかに、ひとりだけ「キッド反対《はんたい》！」のプラカードをかかげている少女《しょうじょ》がいた。

「キッド来《く》るなー！　お父《とう》さんがんばれー！」

青子《あおこ》だ。

「ちょっと青子《あおこ》！　あんただけよ、そんなこといってるの……」

いっしょにいる恵子《けいこ》はバツがわるそうだ。このキッド一色《いっしょく》のノリのなかで、青子《あおこ》の行動《こうどう》はういていた。

「だって……！　それより恵子《けいこ》、快斗見《かいとみ》なかった？」

「ううん、ぜんぜん」

「……………」

青子《あおこ》は肩《かた》をおとした。

もしかして、と思《おも》っていたが、やっぱり快斗《かいと》は時計台《とけいだい》には興味《きょうみ》がないらしい。

（やっぱ青子《あおこ》だけか……あんなむかしのこと、おぼえてるの……）

そんなふたりの近《ちか》くを、若《わか》い警官《けいかん》が通《とお》りすぎた。

泉水巡査《せんすいじゅんさ》――変装《へんそう》した快斗《かいと》だった。

＊

時計台《とけいだい》の入《い》り口前《ぐちまえ》。

「なに！　パトロール中《ちゅう》にキッドらしき不審《ふしん》な男《おとこ》を見《み》かけた⁉」

「はい！　このような、あやしげな帽子《ぼうし》をおとして立《た》ち去《さ》りました！」

報告《ほうこく》に来《き》た巡査《じゅんさ》は、巡査部長《じゅんさぶちょう》に白《しろ》い帽子《ぼうし》をわたした。

「これは、キッドのシルクハットと、マント！」

まちがいない。いつもキッドが着《き》ているものと、おなじだ。

巡査部長《じゅんさぶちょう》は、さっそく指揮所《しきしょ》にいる中森警部《なかもりけいぶ》と無線《むせん》で連絡《れんらく》をとった。

「――よし、警部《けいぶ》の了解《りょうかい》をとった！　そのときの状況《じょうきょう》や男《おとこ》の人相《にんそう》を、最上階《さいじょうかい》にいる警部《けいぶ》に直接《ちょくせつ》、報告《ほうこく》しろ……泉水巡査《せんすいじゅんさ》！」

「はい！」

巡査《じゅんさ》――に変装《へんそう》した快斗《かいと》は時計台《とけいだい》に走《はし》った。

（ケケケ、楽勝《らくしょう》じゃねーか！　やっぱ白馬《はくば》の野郎《やろう》がいねーと、スムースすぎてはりあいがねーなぁ）

＊

キッドコールがつづく群衆《ぐんしゅう》のなかに、ひと組《くみ》の主従《しゅじゅう》が立《た》っていた。

魔女《まじょ》と召使《めしつか》い。

「来《き》ましたな、お嬢《じょう》さま」

「ええ……まちがいないわ、あのヘリよ」

小泉紅子《こいずみあかこ》は空《そら》をあおいだ。

——時告《ときつ》ぐる古《ふる》き塔《とう》、二万《にまん》の鐘《かね》を謳《うた》うとき……光《ひかり》の魔人《まじん》、東《ひがし》の空《そら》より飛来《ひらい》し、白《しろ》き罪人《ざいにん》を滅《ほろ》ぼさん。

いま、まさに東《ひがし》の方向《ほうこう》からあらわれた1機《き》のヘリコプター。

光《ひかり》の魔人《まじん》とは、なんの暗喩《たとえ》か。

悪魔《あくま》の予言《よげん》は、それ、そのものだけでは理解《りかい》しきれない。悪魔《あくま》は性悪《しょうわる》だからだ。そこに解釈《かいしゃく》をくわえなくては用《よう》をなさない。

いま、だが、紅子《あかこ》は予言《よげん》の意味《いみ》をすべて理解《りかい》した。

「黒羽君《くろばくん》と同等《どうとう》の澄《す》んだ強《つよ》い気《き》を発《はっ》し……悪魔《あくま》のような狡猾《こうかつ》さで人《ひと》の心《こころ》を見透《みす》かす、慧眼《けいがん》の持《も》ち主《ぬし》……」

光《ひかり》の魔人《まじん》とは、輝《かがや》くほどの人《ひと》の叡智《えいち》そのもの。

魔女《まじょ》は背筋《せすじ》に冷《つめ》たいものを感《かん》じた。

5

指揮所《しきしょ》のモニタで、時計台《とけいだい》に接近《せっきん》してきたヘリを見《み》とがめて、中森警部《なかもりけいぶ》は息《いき》まいた。

「おい、どーなってる!?　ヘリが1機多《きおお》いぞ！」

「警視庁《けいしちょう》からの応援《おうえん》だそうです！」

部下《ぶか》がこたえた。

「応援《おうえん》!?　そんなもの要請《ようせい》したおぼえはないぞ!?」

*

警官《けいかん》に変装《へんそう》した快斗《かいと》は、時計台《とけいだい》に侵入《しんにゅう》すると、ホールでまっていた刑事《けいじ》に白《しろ》いシルクハットを見《み》せた。

「ああ、キッドのシルクハットか。連絡《れんらく》はうけてるよ」

中森警部《なかもりけいぶ》がいる指揮所《しきしょ》は、時計台《とけいだい》の最上階《さいじょうかい》フロアにある。そこには狙《ねら》う大時計《おおどけい》の機械室《きかいしつ》もあった。

「きみ……一応《いちおう》、警察手帳《けいさつてちょう》と免許証《めんきょしょう》を」

「あ、はい」

さすがにチェックがきびしい。快斗《かいと》はうばった警察手帳《けいさつてちょう》と免許証《めんきょしょう》を、刑事《けいじ》にわたした。

「じゃあ名前《なまえ》と年齢《ねんれい》と、誕生日《たんじょうび》をいって」

「泉水陽一《せんすいよういち》27歳《さい》！　6月2日生《がつふつかう》まれであります！」

もちろん、そのくらいのことは暗記《あんき》していた。変装《へんそう》というのは外見《がいけん》だけではなく、その人物《じんぶつ》になりすますことだ。

「よーし、ごくろう！　最上階《さいじょうかい》で中森警部《なかもりけいぶ》がおまちかねだ！」

「はっ！」

快斗《かいと》は敬礼《けいれい》して、手帳《てちょう》と免許証《めんきょしょう》をうけとろうとした。

「あ、そうだ」刑事《けいじ》は手《て》をひっこめた。「念《ねん》のために免許証番号《めんきょしょうばんごう》をいってみろ」

「あ、はいはい……第《だい》628605524810号《ごう》であります！」

…………。

快斗《かいと》がこたえたとたん、あたりの空気《くうき》が凍《こお》りついた。

「か……」刑事《けいじ》が大声《おおごえ》をあげた。「怪盗《かいとう》キッドだ！　つかまえろぉー！」

＊

「――なにぃ⁉　キッドを館内《かんない》で発見《はっけん》しただと⁉」

無線《むせん》からの報告《ほうこく》に、中森警部《なかもりけいぶ》は鼻息《はないき》を荒《あら》くした。

『はっ！　現在《げんざい》C班《シーはん》とD班《ディーはん》が追跡中《ついせきちゅう》！』

「ホンモノなんだろーな⁉」

『まちがいありません！　氏名《しめい》、年齢《ねんれい》、誕生日《たんじょうび》のあとに、免許証番号《めんきょしょうばんごう》を聞《き》けとの助言《じょげん》をうけて質問《しつもん》してみたところ、ヒットしました！』

「免許証番号《めんきょしょうばんごう》？」

『はい！　その泥棒《どろぼう》が、他人《たにん》になりすます変装《へんそう》の名人《めいじん》なら、ふつう、人《ひと》がおぼえていないことまで記憶《きおく》している可能性《かのうせい》があるからと』

そう、快斗《かいと》は番号《ばんごう》をまちがえて、変装《へんそう》がバレたのではなかった。

変装《へんそう》が完璧《かんぺき》すぎたので、うたがわれたのだ。

「助言《じょげん》って、だれが……」

『警視庁《けいしちょう》から応援《おうえん》に来《き》たという、少年《しょうねん》です』

この報告《ほうこく》に、中森警部《なかもりけいぶ》は顔《かお》をしかめた。

「少年《しょうねん》だと……？」

＊

時計台上空《とけいだいじょうくう》。

応援《おうえん》にかけつけたヘリの機上《きじょう》で、バイザーをおろしたヘルメットをかぶった男《おとこ》が、インカムのマイクに声《こえ》を飛《と》ばした。

「もういちどいいます！　ただちに時計台《とけいだい》の出入《でい》り口《ぐち》を封鎖《ふうさ》してください！」

無線《むせん》で警官隊《けいかんたい》に語《かた》りかける。

「――こちらの指示《しじ》があるまで、ぜったいに時計台《とけいだい》の出入《でい》り口《ぐち》を開《あ》けないように。これで彼《かれ》は、穴《あな》のなかで両手《りょうて》をもがれたモグラ同然《どうぜん》だ」

いま、怪盗《かいとう》キッドを追《お》っている警官隊《けいかんたい》を指揮《しき》しているのは、彼《かれ》だった。

『D班《ディーはん》の中村《なかむら》と川田《かわだ》！　3階《がい》のトイレ近辺《きんぺん》で目標《もくひょう》を見《み》うしないました！』

警官《けいかん》から無線《むせん》が入《はい》った。

「おちついて」男《おとこ》はノートパソコンで時計台《とけいだい》の設計図《せっけいず》をたしかめる。「彼《かれ》は、まだ、あなたがたのそばにいるはずです」

『え？』

「そのトイレの奥《おく》に設置《せっち》されている通風口《つうふうこう》、ネジが外《はず》れていませんか？」

男《おとこ》が指摘《してき》した。すると、

『――外《はず》れてる!?』

トイレの通風口《つうふうこう》のフタが外《はず》れていたのだ。その奥《おく》は人《ひと》が通《とお》れるほどの……。

「だったら彼《かれ》は、そのなかです！　追跡《ついせき》を続行《ぞっこう》してください！」

＊

通風口《つうふうこう》をはってすすむ快斗《かいと》を、ハンドライトの光《ひかり》が追《お》いかけてきた。

「いたぞ、ヤツだ！」

「!?」

快斗《かいと》は、さすがにあせった。

（おいおいおい……!?　やけにさえてんじゃねーか、今日《きょう》の警部《けいぶ》）

いつもなら、またキッドがマジックで消《き》えたとさわいで、ほかの場所《ばしょ》をさがしに行《い》くところだ。

さっきの免許証番号《めんきょしょうばんごう》のチェックといい、どうも、おかしい。

なんだか白馬探《はくばさぐる》を相手《あいて》にしているような……だが彼《かれ》は、ロンドンに帰《かえ》ったはずだ。

（警部《けいぶ》に、だれかが助言《じょげん》してる？　でも、いったいだれが……!?）

＊

『――目暮《めぐれ》え……！　やっぱり、おまえかー！』

時計台上空《とけいだいじょうくう》のヘリに中森警部《なかもりけいぶ》の怒声《どせい》がひびきわたった。

「………」

『どーいうつもりだ！　ガキつれて、こんなところに！』

中森警部《なかもりけいぶ》がどなりつけているのは、茶色《ちゃいろ》のコートと帽子《ぼうし》をかぶった、でっぷり太《ふと》った警《けい》部《ぶ》――目暮十三《めぐれじゅうぞう》だった。

『この現場《げんば》の指揮官《しきかん》はワシだぞ⁉　それに、おまえは課《か》がちがうだろーが！」

中森警部《なかもりけいぶ》は、おかんむりだ。

目暮警部《めぐれけいぶ》は警視庁捜査一課《けいしちょうそうさいっか》。管轄《かんかつ》は殺人《さつじん》などの凶悪犯罪《きょうあくはんざい》だ。怪盗《かいとう》キッドがらみの事件《じけん》の仕《し》切りは、知能犯《ちのうはん》を担当《たんとう》する捜査二課《そうさにか》ときまっている。

「すまんすまん……いちど、このヘリにのせる約束《やくそく》を、彼《かれ》としていてな」

『⁉』

「どーせならと思《おも》って、現場《げんば》につれてきたんだが……」

「警部《けいぶ》さん！」ヘルメットの男《おとこ》が横《よこ》から声《こえ》を飛《と》ばした。「失礼《しつれい》ですが、あなたと議論《ぎろん》している時間《じかん》はありません。その泥棒《どろぼう》をつかまえたければ、僕《ボク》の指示《しじ》にしたがってください」

声《こえ》は若《わか》い。まだ少年《しょうねん》ではないのか。

『なにぃ!?』

「彼《かれ》は、いま犯行前《はんこうまえ》に正体《しょうたい》をあばかれ、動揺《どうよう》をきたし……彼《かれ》の計画《けいかく》の歯車《はぐるま》はくるいはじめている」

男《おとこ》はヘルメットをぬぐと、つげた。

「——確保《かくほ》するには絶好《ぜっこう》のチャンス！」

『だれだ!?』中森警部《なかもりけいぶ》が無線《むせん》で問《と》いただす。『なんなんだ、おまえは!?』

ヘルメットの下《した》の顔《かお》が、不敵《ふてき》にほほえんだ。

「工藤新一《くどうしんいち》……探偵《たんてい》ですよ」

6

ふたりは、まだ知《し》らない。

黒羽快斗《くろばかいと》と工藤新一《くどうしんいち》。

たがいの素顔《すがお》を。怪盗《かいとう》と探偵《たんてい》——このとき、もどすことのできない運命《うんめい》の両輪《りょうりん》が、まわりはじめたことを。

*

時計台《とけいだい》にせまるヘリの映像《えいぞう》をにらみつけて、中森警部《なかもりけいぶ》は息《いき》をはいた。

「工藤《くどう》……新一《しんいち》だとぉ!?」

「あ、知《し》ってます知《し》ってます!」部下《ぶか》が説明《せつめい》した。「謎《なぞ》めいた殺人事件《さつじんじけん》を、つぎつぎに解《かい》決《けつ》している高校生探偵《こうこうせいたんてい》……」

「じゃあ、おまえも課《か》がちがうじゃないか! ワシらが相手《あいて》にしてるのは怪盗《かいとう》だぞ!?」

中森《なかもり》は、無線《むせん》のむこうの工藤新一《くどうしんいち》なる少年《しょうねん》に声《こえ》をあげた。

「ハハ……警部《けいぶ》、高校生相手《こうこうせいあいて》に課《か》もなにも……」

私立探偵《しりつたんてい》には一課《いっか》も二課《にか》も、所轄《しょかつ》もなにも関係《かんけい》ない。

とにかく、中森警部《なかもりけいぶ》にはわからなかった。

なぜ高校生《こうこうせい》が、警視庁捜査一課《けいしちょうそうさいっか》の目暮警部《めぐれけいぶ》のヘリに同乗《どうじょう》して、この現場《げんば》に来《き》ているのかが。

「とにかく……これは警察《けいさつ》の仕事《しごと》だ！　部外者《ぶがいしゃ》のキミはおとなしくしてろ！」

「中森警部《なかもりけいぶ》！」無線《むせん》をうけた部下《ぶか》がさけんだ。「D班《ディーはん》の中村《なかむら》が、少年《しょうねん》の助言《じょげん》をうけて、警官《けいかん》に扮《ふん》した目標《もくひょう》を通風口内《つうふうこうない》で発見《はっけん》！　現在追跡中《げんざいついせきちゅう》！」

「なに!?」

ヘリにいる高校生探偵《こうこうせいたんてい》とやらが、なぜ警察《けいさつ》に助言《じょげん》を？

『――こちら中村《なかむら》！　目標《もくひょう》、通風口《つうふうこう》から出《で》ようとしているもよう！　どうしますか!?』

『あせらないで』工藤新一《くどうしんいち》が、声《こえ》をはって指示《しじ》した。『もはや獲物《えもの》は、あなたの爪《つめ》にかかったも同然《どうぜん》！　中村巡査《なかむらじゅんさ》、あなたの現在位置《げんざいいち》を教《おし》えてください！』

『それが……暗《くら》いので、正確《せいかく》な位置《いち》は……3階《がい》からひとつあがって、ここが4階《かい》だということはわかるんですが』

『だいじょうぶ！　館内《かんない》に28ある通風口《つうふうこう》の出口《でぐち》は、すべて、かためてあります！　そのまま追跡《ついせき》を……もう彼《かれ》に逃《に》げ場《ば》はない。４階《かい》の通風口《つうふうこう》をかためている警官隊《けいかんたい》は、犯人《はんにん》を確保《かくほ》する用意《ようい》を！』

「おのれ、また勝手《かって》に指示《しじ》を……！」

警視総監《けいしそうかん》のおぼっちゃんの白馬探《はくばさぐる》だって、ここまで露骨《ろこつ》に、警察《けいさつ》の指揮系統《しきけいとう》を無視《むし》したことはない。

中森警部《なかもりけいぶ》がいよいよ爆発《ばくはつ》しかけたとき、キッドを追《お》う中村巡査《なかむらじゅんさ》から無線《むせん》が入《はい》った。

『こちら中村《なかむら》！　通風口出口《つうふうこうでぐち》で目標《もくひょう》を見《み》うしないました！』

＊

時計台《とけいだい》の４階《かい》。

中村巡査《なかむらじゅんさ》が、柵《さく》が外《はず》された通風口《つうふうこう》の出口《でぐち》から顔《かお》を出《だ》した。

『――こちら中森《なかもり》！　現在位置《げんざいいち》は!?』

「えーっと、ここは……」

ヘリの爆音《ばくおん》が耳《みみ》をつんざく。

外《そと》だ。すぐ下《した》の階《かい》まで、時計台《とけいだい》の解体用《かいたいよう》の足場《あしば》がくまれていた。もしかするとキッドは、もう足場《あしば》をつたって逃走《とうそう》を……。


——4、階《かい》の、東側《ひがしがわ》の、廊下《ろうか》です、!


中村巡査《なかむらじゅんさ》は、きょとんとした。

だれだ、しゃべったのは……?

しかも、その声《こえ》は中村巡査自身《なかむらじゅんさじしん》の声《こえ》、そのものだったのだ。

おどろいて見《み》あげる。

「?」

通風口出口《つうふうこうでぐち》の枠《わく》の上《うえ》に、ひとりの巡査《じゅんさ》が、スパイダーマンみたいに壁《かべ》に背《せ》をつけて、はりついていたのだ。

「現在《げんざい》、目標《もくひょう》は警官《けいかん》の変装《へんそう》をとき、階段《かいだん》をくだって逃走中《とうそうちゅう》！　至急《しきゅう》、応援《おうえん》を」

無線《むせん》にウソの報告《ほうこく》をしている警官《けいかん》こそ、変装《へんそう》した怪盗《かいとう》キッドだ。

「か……！」


シュー……


中村巡査《なかむらじゅんさ》が声《こえ》をあげるまえに、怪盗《かいとう》キッド──快斗《かいと》は催眠《さいみん》スプレーで相手《あいて》を眠《ねむ》らせた。

『──よーし！　ヤツはあせって警官《けいかん》の変装《へんそう》をといた！　4階《かい》および3階《がい》の各員《かくいん》は、階段《かいだん》付近《ふきん》に集中《しゅうちゅう》！　ヤツを逃《に》がすな！』

中森警部《なかもりけいぶ》は、まんまとニセ情報《じょうほう》にダマされて指示《しじ》を出《だ》している。

あとは、この逆《ぎゃく》をついて……。

『しかし、なんであの少年《しょうねん》は、この時計台《とけいだい》の構造《こうぞう》を熟知《じゅくち》しているんだ？』

ヘリにのっているのに、なぜ現場《げんば》を把握《はあく》しているのだ、と。

快斗《かいと》は無線《むせん》をひらいたまま、中森警部《なかもりけいぶ》と部下《ぶか》の会話《かいわ》に聞《き》き耳《みみ》を立《た》てた。

『そりゃ警部《けいぶ》！　さっき僕《ぼく》が、指揮所《こ　こ》にあるデータを彼《かれ》のパソコンに転送《てんそう》しましたから』

『このバカタレが！』………

＊

ヘリから時計台《とけいだい》を見《み》おろしながら、工藤新一《くどうしんいち》は疑問《ぎもん》を感《かん》じていた。

〝気《き》づく〟のだ。探偵《たんてい》と呼《よ》ばれる人種《じんしゅ》は。

「妙《みょう》ですね」

「え？」

捜査一課《そうさいっか》の目暮警部《めぐれけいぶ》が、高校生探偵《こうこうせいたんてい》を見《み》た。

「警官《けいかん》が密集《みっしゅう》する時計台《あのばしょ》で、警官《けいかん》の変装《へんそう》をとくのは、ヤドカリが殻《から》をすて、海中《かいちゅう》をうろついているようなもの。僕《ボク》には理解《りかい》できない」

工藤新一《くどうしんいち》の洞察力《どうさつりょく》は、そのとき、べつの可能性《かのうせい》をさぐっていた。

快斗《かいと》か。

新一《しんいち》か。


まだ、たがいの名《な》も知《し》らぬふたり。

この先《さき》も長《なが》くつづく、ふたつの知性《ちせい》のデッドヒートは、このとき、はじまった。

どちらが先《さき》んじるか。

マジシャンの創造力《そうぞうりょく》は、探偵《たんてい》の推理力《すいりりょく》をふりきれるのか。


ゴーン……！　ゴーン…………！


時計台《とけいだい》の、鐘《かね》が鳴《な》る。

予告時刻《よこくじこく》。

警官隊《けいかんたい》の意識《いしき》が、ニセ情報《じょうほう》によって生《しょう》じた、いもしない階段《かいだん》の怪盗《かいとう》キッドにむけられていたとき。

まず、快斗《かいと》の一手《いって》が炸裂《さくれつ》した。

7

解体用《かいたいよう》の足場《あしば》から、ふいに、猛烈《もうれつ》ないきおいでスモークがふきあがった。

「警部《けいぶ》！　工事中《こうじちゅう》の足場《あしば》から煙《けむり》が！」

「なに!?」

中森警部《なかもりけいぶ》は指揮所《しきしょ》のモニタに釘《くぎ》づけになった。

強力《きょうりょく》なサーチライトに照《て》らされた煙《けむり》が、白《しろ》い幕《まく》となって、たちまち時計台《とけいだい》をおおいつくしていく。

＊

時計台《とけいだい》をかこんだ野次馬《やじうま》は大《おお》さわぎになった。

鐘《かね》が、怪盗《かいとう》キッドの予告時刻《よこくじこく》をつげた瞬間《しゅんかん》、大時計《おおどけい》は白《しろ》い煙《けむり》のなかに身《み》をかくした。

風《かぜ》は、さほど強《つよ》くない。

煙《けむり》が晴《は》れるまで、数十秒《すうじゅうびょう》ほどはかかっただろうか。

そこにあらわれた光景《こうけい》に、野次馬《やじうま》たちは息《いき》をのんだ。

「おい見《み》ろよ！　時計《とけい》の針《はり》が——」

大時計《おおどけい》の針《はり》が……ない！

野次馬《やじうま》たちも、中継《ちゅうけい》のテレビ局《きょく》も、いまや純粋《じゅんすい》な観客《かんきゃく》となって怪盗《かいとう》キッドのイリュージョンにひきこまれていた。

「すごい！　すごいよキッド！」

恵子《けいこ》がはしゃぐ。

そのかたわらで、青子《あおこ》は、ああ……と息《いき》をついて、時計台《とけいだい》をボーゼンとあおいだ。

「キッドの……キッドのバカ！」

涙《なみだ》があふれそうになる。あの時計台《とけいだい》は青子《あおこ》にとって……青子《あおこ》たちにとって……。

＊

上空《じょうくう》のヘリからも、大時計《おおどけい》の針《はり》が消《き》えたことは確認《かくにん》できた。

目暮警部《めぐれけいぶ》は目《め》をまるくしている。

工藤新一《くどうしんいち》は、犯行現場《はんこうげんば》をつぶさに観察《かんさつ》した。

「……ゆれてる？」

もし、時計台《とけいだい》を正面《しょうめん》から見《み》ていたなら、すぐには気《き》づかなかっただろう。

ヘリで、横《よこ》から大時計《おおどけい》を見《み》ていた彼《かれ》は気《き》づいた。大時計《おおどけい》の文字盤《もじばん》が、わずかにゆれていたのだ。

＊

消失《しょうしつ》した大時計《おおどけい》の針《はり》をモニタの映像《えいぞう》で見《み》た瞬間《しゅんかん》、中森警部《なかもりけいぶ》は駆《か》けだしていた。

「警部《けいぶ》、どちらへ!?」

「機械室《きかいしつ》を見《み》てくる！」

いったい、どうなっている。

階段《かいだん》をあがると、大時計《おおどけい》の機械室《きかいしつ》は大変《たいへん》なことになっていた。

警備《けいび》にあたっていた警官《けいかん》たちが、全員《ぜんいん》、たおれていたのだ。

「おい、どーした!?」

「警官《けいかん》が……」たおれた巡査《じゅんさ》は、もうろうと返事《へんじ》をした。「通風口《つうふうこう》から突然《とつぜん》あらわれて、妙《みょう》なスプレーを……」

催眠《さいみん》ガスで、ここにいた警官《けいかん》を眠《ねむ》らせたのだ。

「バカな……」

中森警部《なかもりけいぶ》は混乱《こんらん》した。怪盗《かいとう》キッドは通風口《つうふうこう》から4階《かい》の階段《かいだん》に出《で》て、逃《に》げたはずだ。

「あそこから、外《そと》へ……」

警官《けいかん》が指《ゆび》さした。

壁《かべ》の丸窓《まるまど》がひらいていた。大時計《おおどけい》のメンテナンス用《よう》の外部通路《がいぶつうろ》だ。

「だったらヤツの姿《すがた》は外《そと》から丸見《まるみ》えのはず……!?」

丸窓《まるまど》に駆《か》けよった中森警部《なかもりけいぶ》が、外《そと》に顔《かお》をつきだした。

そこには——


時刻《じこく》は、午前《ごぜん》0時《じ》すぎ。

大時計《おおどけい》の長針《ちょうしん》と短針《たんしん》は、かさなって『XII』を指《さ》し、2本《ほん》とも真上《まうえ》をしめしている。

その2本《ほん》の針《はり》につかまって、白《しろ》いマントの男《おとこ》が立《た》っていた。

8

怪盗《かいとう》キッドは大時計《おおどけい》の針《はり》につかまって、丸窓《まるまど》から顔《かお》を出《だ》した中森警部《なかもりけいぶ》を見《み》かえした。

「キッド!」

そして時計台《とけいだい》は、おかしな、こ、と、になっていた。

外《そと》が見《み》えない。大《おお》きな幕《まく》がおろされて、文字盤《もじばん》をすべておおいかくしていた。

さっき煙幕《えんまく》をはったのと同時《どうじ》に、上《うえ》から幕《まく》をおろしたのだ。

だが、であればさっきモニタで見《み》た、針《はり》の消《き》えた大時計《おおどけい》は、いったい……？

「ワシだ中森《なかもり》だ！　ヤツはいま……」

パシュッ

中森警部《なかもりけいぶ》の手《て》から無線機《むせんき》がはじき飛《と》ばされた。

スペードのA《エース》。

怪盗《かいとう》キッド――快斗《かいと》は、トランプ銃《じゅう》を手《て》に、中森警部《なかもりけいぶ》にニヤリと笑《え》みをくれる。

「中森警部《なかもりけいぶ》……ざんねんですが、今夜《こんや》は、あなた方《がた》とじゃれている時間《じかん》はありません。どうやら少々《しょうしょう》、頭《あたま》の切《き》れるジョーカーを味方《みかた》につけていらっしゃるようですし」

トランプ銃《じゅう》を手《て》に、快斗《かいと》は中森警部《なかもりけいぶ》につげた。

「…………！」

「人《ひと》を呼《よ》ぶのは」快斗《かいと》は、つま先《さき》で文字盤《もじばん》の中心部《ちゅうしんぶ》を蹴《け》った。「この文字盤《もじばん》の中心《ちゅうしん》に刻《きざ》みこんだ、怪盗《かいとう》キッドの暗号《あんごう》を解《と》いてからにしていただきたい」

「暗号《あんごう》……!?」

中森警部《なかもりけいぶ》はキッドを逮捕《たいほ》しようとしたが、文字盤《もじばん》の中心《ちゅうしん》までは足場《あしば》もなく、数《すう》メートルもの距離《きょり》を跳《と》びこえることはできなかった。

ブワッ

そのとき、背後《はいご》で幕《まく》がゆれた。

「え?」

これは快斗《かいと》も予想外《よそうがい》で、思《おも》わず、ふりかえる。

ババババババッ……!

ローターの爆音《ばくおん》。

大時計《おおどけい》にかぶせた大《おお》きな幕《まく》が、風圧《ふうあつ》で波打《なみう》った。

＊

「――どういうことだね、工藤《くどう》くん！」

ヘリの機上《きじょう》で、目暮警部《めぐれけいぶ》は工藤新一《くどうしんいち》に大声《おおごえ》でたずねた。

高校生探偵《こうこうせいたんてい》は不敵《ふてき》に笑《え》む。

「煙幕《えんまく》とともに、文字盤《もじばん》を照《て》らすライトを切《き》り、前《まえ》もって仕掛《しか》けていた巨大《きょだい》スクリーンで文字盤《もじばん》をおおい……そこに時計《とけい》の針《はり》が消《き》える映像《えいぞう》を、工事中《こうじちゅう》の足場《あしば》にとりつけておいた映《えい》写機《しゃき》から投影《とうえい》したんですよ」

つまり警官《けいかん》や野次馬《やじうま》たちが見《み》ていたのは、幕《スクリーン》に映《うつ》った、針《はり》の消《き》えた文字盤《もじばん》の映像《えいぞう》だった。

一瞬《いっしゅん》で文字盤《もじばん》を盗《ぬす》んだと見《み》せかける消失《しょうしつ》トリックだ。

「しかし、そんなトリック、すぐにバレるんじゃ……」

「ええ、そのトリックはフェイク」

この大《おお》がかりなマジック自体《じたい》が目《め》くらましだ。ほんの一瞬《いっしゅん》、まわりの目《め》をあざむくための。

「――おそらく泥棒《かれ》は、いまスクリーンの裏《うら》で短針《たんしん》についている宝石《ほうせき》を……ちょっとお借《か》りしますよ」

そういって工藤新一《くどうしんいち》は、目暮警部《めぐれけいぶ》の拳銃《けんじゅう》を手《て》にした。

とめる間《ま》もなく、銃声《じゅうせい》がとどろく。

幕《まく》を、時計台《とけいだい》にとめたロープの一端《いったん》が撃《う》ちぬかれた。

たちまちヘリの風圧《ふうあつ》で幕《まく》がめくれあがり、ホンモノの文字盤《もじばん》があらわになる。

＊

「――おい、だれだ、撃《う》ってんのは!?」

丸窓《まるまど》から顔《かお》を出《だ》した中森警部《なかもりけいぶ》は、接近《せっきん》するヘリにむかってさけんだ。

針《はり》につかまっている快斗《かいと》は、風《かぜ》にあおられた自分《じぶん》のマントに体《からだ》をひっぱられて、身《み》うごきがとれなくなっていた。

それも、ヤツの――あのヘリにのった〝あの少年《しょうねん》〟とやらの狙《ねら》いか。

(くそっ……こんな近《ちか》くにヘリがいたんじゃ、ハンググライダーで飛《と》ぶのはムリだ。どうする……どうする……!?)

＊

時計台《とけいだい》をかこんだ群衆《ぐんしゅう》からも、接近《せっきん》したヘリの風圧《ふうあつ》で、大時計《おおどけい》にかけられた巨大《きょだい》スクリーンがめくれあがったのが見《み》えた。

紅子《あかこ》はルシュファーの予言《よげん》をくりかえした。

――光《ひかり》の魔人《まじん》、東《ひがし》の空《そら》より飛来《ひらい》し、白《しろ》き罪人《ざいにん》を滅《ほろ》ぼさん。

予言《よげん》が成《な》されたとき、あのヘリにのった何者《なにもの》かによって、怪盗《かいとう》キッドは逮捕《たいほ》されるだろう。

「聞《き》け、冥府魔道《めいふまどう》をさまよう禍々《まがまが》しき亡霊《ぼうれい》よ……紅《くれない》の盟約《めいやく》にしたがい、その骸《むくろ》を炎《ほのお》と化《か》して我《われ》に……」

詠唱《えいしょう》。

魔力《まりょく》が渦《うず》をまく。

突然《とつぜん》のつむじ風《かぜ》に、あたりの野次馬《やじうま》たちがさわぎはじめた。

「なりません、紅子《あかこ》さま」

召使《めしつか》いの男《おとこ》が、あわてて紅子《あかこ》をとめた。

「…………！」

「このような大衆《たいしゅう》の面前《めんぜん》で、おチカラをおしめしになるのは」

「でも、このままじゃ」

怪盗《かいとう》キッドは逮捕《たいほ》されてしまう。すべての秘密《ひみつ》をあばかれて、破滅《はめつ》してしまう。

紅子《あかこ》には、それがどうしても、うけいれられなかった。

（このままじゃ黒羽《くろば》くんが……）

*

ふたたびヘリから発砲《はっぽう》した工藤新一《くどうしんいち》を、目暮警部《めぐれけいぶ》があわててとめた。

「おい、工藤《くどう》くん!?」

「だいじょうぶ！　人《ひと》には、ぜったいあてませんから……」

「いや、そーいう問題《もんだい》じゃなくて……！」

目暮警部《めぐれけいぶ》は頭《あたま》をかかえた。

「さぁ、マジックショーのフィナーレだ……座長《ざちょう》の姿《すがた》を拝見《はいけん》するとしましょうか」

工藤新一《くどうしんいち》は、めくれあがった巨大《きょだい》スクリーンの裏側《うらがわ》にひそむ犯人《はんにん》に銃口《じゅうこう》をむけた。

真実《しんじつ》を、つまびらかにするため。

ダンッ

銃声《じゅうせい》がひびいた瞬間《しゅんかん》、快斗《かいと》もまたうごいていた。

トランプ銃《じゅう》をにぎり、みずから幕《まく》をとめたロープを撃《う》ち、切《き》った。

ぶわっ

大《おお》きな幕《まく》が、風《かぜ》をうけながらゆっくりと舞《ま》いおちていく。

「え？」

工藤新一《くどうしんいち》は虚《きょ》をつかれた。

……いない。

大時計《おおどけい》の針《はり》は、２本《ほん》とも、午前《ごぜん》0時《じ》を少《すこ》しすぎた位置《いち》をしめしている。

ところが、泥棒《どろぼう》の姿《すがた》が消《き》えていたのだ。

「あ……！」

という顔《かお》をして、丸窓《まるまど》から身《み》をのりだしている中森警部《なかもりけいぶ》と、その視線《しせん》の先《さき》を見《み》て、工藤《くどう》新一は気づいた。

泥棒は、

「なんてヤツだ……！　スクリーンとともに、人ごみのなかにおりるとは……！」

目暮警部がうなった。

そう、外れたスクリーンに体をあずけて、下におちたのだ。

あれだけ大きな幕であれば、パラシュートのかわりになるだろう。

幕が、群衆の上に、ゆっくりとおちる。

「あのなかから、さがすのはムリだな……」

泥棒は、とっくに人ごみにまぎれて逃げ去っているはずだ。　工藤新一は息をついた。

9

『——おい目暮ぇ！　きさまかぁ！　発砲したのは!?』

目暮警部の無線機に怒鳴り声が飛びこんだ。

声《こえ》の主《ぬし》——中森警部《なかもりけいぶ》は、丸窓《まるまど》から命綱《いのちづな》をはって、さっきまで怪盗《かいとう》キッドがいた文字盤《もじばん》の中心《ちゅうしん》に移動《いどう》していた。

「いや、撃《う》ったのはワシじゃなくて……」

いいかけて、目暮警部《めぐれけいぶ》は口《くち》をつぐんだ。もし民間人《みんかんじん》の高校生《こうこうせい》に銃《じゅう》を撃《う》たせたことがあかるみになれば、それ以上《いじょう》の問題《もんだい》になるから。

「ところで警部《けいぶ》さん」工藤新一《くどうしんいち》は無線機《むせんき》にいった。「彼《かれ》は、なにか、いってませんでしたか？」

『あ？　……ああ、いってたよ。暗号《あんごう》がどうのこうのって……』

「暗号《あんごう》？」

中森警部《なかもりけいぶ》は、キッドが文字盤《もじばん》に刻《きざ》んだという暗号《あんごう》をたしかめていた。目暮警部《めぐれけいぶ》が、教《おし》えられた暗号《あんごう》をメモ帳《ちょう》に書《か》きうつす。

「うーむ……さっぱりわからんな？　本当《ほんとう》にこんな文字《もじ》が、文字盤《もじばん》の中央《ちゅうおう》に刻《きざ》んであるのかね？」

『ああ、そうだ！』

「とにかく、その暗号《あんごう》は重要証拠物件《じゅうようしょうこぶっけん》！　暗号《あんごう》が解《と》けるまで、予定《よてい》されていた時計台《とけいだい》の移《い》築《ちく》は中止《ちゅうし》してもらうしかないな」

『フン！　おまえにいわれんでも、そうするつもりだ！』

ふたりの警部《けいぶ》は無線《むせん》で話《はな》しあった。

工藤新一《くどうしんいち》は、目暮警部《めぐれけいぶ》のメモをチラッと見《み》た。

Ⅰ　Ⅱ　Ⅲ　Ⅳ　Ⅴ　Ⅵ　Ⅶ　Ⅷ　Ⅸ　Ⅹ　Ⅺ　Ⅻ
コ　ナ　ケ　ノ　ネ　ナ　ハ　ワ　テ　サ　ニ　オ

時計《とけい》の文字盤《もじばん》の1から12に相当《そうとう》する場所《ばしょ》に、ぐるりと円状《えんじょう》に、カタカナの文字《もじ》が刻《きざ》まれている。

「――まぁ、よかったじゃないか。時計台《とけいだい》はぶじで、キッド《かれ》の犯行《はんこう》は失敗《しっぱい》におわった」

目暮警部《めぐれけいぶ》はホッと息《いき》をついた。

暗号《あんごう》。

(いや……そいつはちがうぜ、目暮警部《めぐれけいぶ》)

工藤新一《くどうしんいち》だけが、ひと目《め》で暗号《あんごう》の意図《いと》を察《さっ》していた。

彼《かれ》の目的《もくてき》は、大時計《おおどけい》でも、その針《はり》にうめこまれた宝石《ほうせき》でもなかったのだ。

文字盤《もじばん》に暗号《あんごう》をのこす、という行為《こうい》そのものだった。

(彼《かれ》は、文字盤《もじばん》に暗号《あんごう》をのこして、時計台《とけいだい》を警察《けいさつ》にゆだね、移築《いちく》を予定《よてい》していたオーナーの手《て》から、まんまとうばいやがったんだ。それに、暗号《あんごう》にちゃんと書《か》いてあるだろ?)

暗号《あんごう》のカタカナを、まずローマ字《じ》になおす。

Ⅰ	Ⅱ	Ⅲ	Ⅳ	Ⅴ	Ⅵ	Ⅶ	Ⅷ	Ⅸ	Ⅹ	Ⅺ	Ⅻ
コ	ナ	ケ	ノ	ネ	ナ	ハ	ワ	テ	サ	ニ	オ
KO	NA	KE	NO	NE	NA	HA	WA	TE	SA	NI	O

それ自体《じたい》は、単純《たんじゅん》な暗号《アナグラム》だ。

母音《ぼいん》だけを、1文字《もじ》ずつ時計《とけい》まわりにズラして読《よ》むと……。

KO NO KA NE NO NE HA WA TA SE NA I
コノカネノネハワタセナイ

いいかい、とにかく彼《かれ》は、こう書《か》きのこしたのだ。

――この鐘《かね》の音《ね》はわたせない。


事情《じじょう》は、わからない。

彼《かれ》にとって、この時計台《とけいだい》は、この場所《ばしょ》になくてはならない大切《たいせつ》な――そう、思《おも》い出《で》の場《ば》所《しょ》だったのだろう。

それは、とてつもない手《て》がかりでもある。彼《かれ》の正体《しょうたい》は、この街《まち》にゆかりのある人物《じんぶつ》ということに……。

「そういえば……」工藤新一《くどうしんいち》はつぶやいた。「まだ聞《き》いていませんでしたよね、彼《かれ》……その泥棒《どろぼう》の名前《なまえ》」

興味《きょうみ》がわいたのだ。

「う〜む、コナケノネナハワ……なんのことやら」

目暮警部《めぐれけいぶ》はメモした暗号《あんごう》と悪戦苦闘《あくせんくとう》していた。

「ま、いっか……」

予感《よかん》はあった。

彼《かれ》とは、またいずれ、やりあうことになるだろう。

あるいは、意外《いがい》と……。

10

警察《けいさつ》のヘリが四方《しほう》にちっていく。

「………」

バラけはじめた人波《ひとなみ》のなかで、青子《あおこ》は、じっと時計台《とけいだい》を見《み》つめつづけていた。

思《おも》い出《で》の場所《ばしょ》を。

＊

ずっと、ずっとむかし。

幼《おさな》い青子《あおこ》は、この時計台《とけいだい》の下《した》で、まちぼうけをしていた。

さびしそうにしていた青子《あおこ》に、男《おとこ》の子《こ》が話《はな》しかけてきた。

「……ん？　オメーも、だれかまってんのか？」

「うん……青子《あおこ》、今日《きょう》、この街《まち》に引《ひ》っ越《こ》してきて。ここでお父《とう》さんと、まちあわせしてるんだけど」

あの日《ひ》も急《きゅう》な事件《じけん》で、お父《とう》さんはおくれてしまった。

はじめての街《まち》で、不安《ふあん》そうな青子《あおこ》に、男《おとこ》の子《こ》は、

「オレ、黒羽快斗《くろばかいと》ってんだ！　よろしくな！」

ぽんっ、と、男《おとこ》の子《こ》の手《て》から青《あお》い花《はな》があらわれた。

「！」

「へへへ」

マジック。

まだ幼《おさな》かった青《あお》子《こ》には、男《おとこ》の子《こ》が、ホンモノの魔《ま》法《ほう》使《つか》いのように思《おも》えたのだ。

＊

それは青《あお》子《こ》が、この街《まち》に引《ひ》っ越《こ》してきたときの、最《さい》初《しょ》のできごと。

この街《まち》ではじめて話《はな》した相《あい》手《て》は、奇《き》遇《ぐう》にも、おとなりさんになる、おない年《どし》の男《おとこ》の子《こ》だった。

(快《かい》斗《と》……)

ふたりだけが知《し》っている、ふたりだけの思《おも》い出《で》。

物《もの》思《おも》いにふける青《あお》子《こ》の前《まえ》に、花《はな》がさしだされた。

青《あお》い花《はな》。

「…………！」

「オレ、黒羽《くろば》快斗《かいと》ってんだ！　よろしくな！」

快斗《かいと》がいた。いつもの笑顔《えがお》で。

時計台《とけいだい》の前《まえ》で見《み》つめあい、たがいの記憶《きおく》をかわすと、ふたりは、深《ふか》いつながりをたしかめあった。

11

——時《とき》は、もどって。


(わすれるかよ、バーロー……)

時計台《とけいだい》の一件《ヤマ》を思《おも》いだしながら。快斗《かいと》は、いままた東都《とうと》タワーの屋上《おくじょう》で、あらたな仕事《しごと》にかかろうとしていた。

「ぼっちゃま? どうかしましたか?」

「ジイちゃんが妙《みょう》なことというから、思《おも》いだしちまったんだよ! すげーヤバかった時計台《とけいだい》のヤマ……」

スリー、ツー、ワン……。

快斗《かいと》がカウントダウンをすると、あの鐘《かね》の音《ね》が鳴《な》りはじめる。

あのあと、警察《けいさつ》が現場検証《げんばけんしょう》をおこなったところ、短針《たんしん》にうめこまれていたダイヤがニセモノだとわかった。

当然《とうぜん》、テーマパークへの売却話《ばいきゃくばなし》は御破算《ごはさん》。

オーナーの会社《かいしゃ》は資金《しきん》ぐりに行《い》きづまった。ひきとり手《て》のない時計台《とけいだい》は、行政《ぎょうせい》が安値《やすね》で買《か》いとったのだ。

時計台《とけいだい》は、いまも、あの場所《ばしょ》にある。

快斗《かいと》はハンググライダーをひろげた。

「狙《ねら》いはビッグジュエル……鈴木財閥《すずきざいばつ》の至宝《しほう》〈ブラック・スター〉！」

日本有数《にほんゆうすう》の財閥《ざいばつ》が所有《しょゆう》する、ふたつとない黒真珠《くろしんじゅ》だ。

「ぼっちゃま……もはや、とめはしませんが……」

「………」

「盗一《とういち》さまが、つねづねいっておられました。観客《かんきゃく》に接《せっ》するとき、そこは決闘《けっとう》の場《ば》。けっしておごらず、あなどらず、相手《あいて》の心《こころ》を見透《みす》かし、その肢体《したい》の先《さき》に全神経《ぜんしんけい》を集中《しゅうちゅう》して、もてる技《わざ》をつくし……なおかつ笑顔《えがお》と気品《きひん》をそこなわず――」

クドクドと小言《こごと》をたれる寺井《ジイ》に苦笑《くしょう》をかえしながら、それでも快斗《かいと》は、

「いつ何時《なんどき》たりとも……」

満月《まんげつ》は、ステージのスポットライト。

快斗《キッド》は、真実《しんじつ》に至《いた》る白《しろ》い翼《つばさ》をひろげた。

「――ポーカーフェイスをわすれるな、だろ?」

〈つづく〉

Shogakukan Junior Bunko

★小学館ジュニア文庫★
まじっく快斗1412 ②

2015年 3 月 2 日 初版第１刷発行
2018年 9 月 9 日 第6刷発行

著者／浜崎達也
原作／青山剛昌
脚本／大野敏哉・岡田邦彦

発行者／立川義剛
印刷・製本／中央精版印刷株式会社
デザイン／黒沢卓哉＋ベイブリッジスタジオ
編集／稲垣奈穂子

発行所／株式会社 小学館
〒101-8001 東京都千代田区一ツ橋２－３－１
電話 編集 03-3230-5105
販売 03-5281-3555

Printed in Japan ISBN 978-4-09-230792-6

★小学館ジュニア文庫★ ワクワク、ドキドキがいっぱいのラインナップ

〈ジュニア文庫でしか読めないオリジナル〉

アイドル誕生! ~こんなわたしがAKB48に!?~

いじめ 14歳のMessage
お悩み解決! ズバッと同盟 長女VS妹、仁義なき戦い!?
お悩み解決! ズバッと同盟 おしゃれコーデ、対決!?
緒崎さん家の妖怪事件簿
緒崎さん家の妖怪事件簿 桃×団子パニック!
緒崎さん家の妖怪事件簿 狐×迷子パレード!
華麗なる探偵アリス&ペンギン
華麗なる探偵アリス&ペンギン ワンダー・チェンジ!
華麗なる探偵アリス&ペンギン ミラー・ラビリンス
華麗なる探偵アリス&ペンギン サマー・トレジャー
華麗なる探偵アリス&ペンギン トラブル・ハロウィン
華麗なる探偵アリス&ペンギン ペンギン・パニック!
華麗なる探偵アリス&ペンギン ミステリアス・ナイト
華麗なる探偵アリス&ペンギン アリスVS.ホームズ

華麗なる探偵アリス&ペンギン アラビアン・デート
華麗なる探偵アリス&ペンギン パーティ・パーティ
華麗なる探偵アリス&ペンギン ホームズ・イン・ジャパン
きんかつ!
きんかつ! 恋する妖怪と舞姫の秘密
ギルティゲーム
ギルティゲーム stage2 無限駅からの脱出
ギルティゲーム stage3 ペルセポネー号の悲劇
ギルティゲーム stage4 ギロンパ帝国へようこそ!
ギルティゲーム stage5 黄金のナイトメア

銀色☆フェアリーテイル ①あたしだけが知らない街
銀色☆フェアリーテイル ②きみだけに贈る歌
銀色☆フェアリーテイル ③夢、それぞれの未来

ぐらん×ぐらんぱ! スマホジャック
ぐらん×ぐらんぱ! スマホジャック ~恋の一騎打ち~
さよなら、かぐや姫~月とわたしの物語~
12歳の約束
女優猫あなご
白魔女リンと3悪魔
白魔女リンと3悪魔 フリージング・タイム
白魔女リンと3悪魔 レイニー・シネマ
白魔女リンと3悪魔 スター・フェスティバル
白魔女リンと3悪魔 ダークサイド・マジック
白魔女リンと3悪魔 フルムーン・パニック
白魔女リンと3悪魔 エターナル・ローズ
天才発明家ニコ&キャット
天才発明家ニコ&キャット キャット、月に立つ!
謎解きはディナーのあとで
のぞみ、出発進行!!
バリキュン!!
ホルンペッター
ぼくたちと駐在さんの700日戦争 ベスト版 闘争の巻

さくら×ドロップ　レシピ1：チーズハンバーグ
ちえり×ドロップ　レシピ1：マカロニグラタン
みさと×ドロップ　レシピ1：チェリーパイ
ミラチェンタイム☆ミラクルらみぃ
メデタシエンド。～ミッションはおとぎ話のお姫さま……のメイド役!?～
メデタシエンド。～ミッションはおとぎ話の赤ずきん……の猟師役!?～
もしも私が【星月ヒカリ】だったら。
ゆめ☆かわ　ここあのコスメボックス
ゆめ☆かわ　ここあのコスメボックス　ヒミツの恋とナイショのモデル
ゆめ☆かわ　ここあのコスメボックス　恋のライバルとファッションショー

夢は牛のお医者さん
螺旋のプリンセス

〈思わずうるうる…感動ストーリー〉

きみの声を聞かせて　猫たちのものがたり―まぐ・ミクロ・まる―
こむぎといつまでも―余命宣告を乗り越えた奇跡の猫ものがたり―
天国の犬ものがたり～ずっと一緒～
天国の犬ものがたり～わすれないで～
天国の犬ものがたり～未来～
天国の犬ものがたり～夢のバトン～
天国の犬ものがたり～ありがとう～
天国の犬ものがたり～天使の名前～
天国の犬ものがたり～僕の魔法～
天国の犬ものがたり～笑顔をあげに～

動物たちのお医者さん
わさびちゃんとひまわりの季節

〈発見いっぱい！　海外のジュニア小説〉

シャドウ・チルドレン1　絶対に見つかってはいけない
シャドウ・チルドレン2　絶対にだまされてはいけない

次はどれにする？　おもしろくて楽しい新刊が、続々登場!!

★「小学館ジュニア文庫」を読んでいるみなさんへ★

この本《ほん》の背《せ》にあるクローバーのマークに気《き》がつきましたか？

オレンジ、緑《みどり》、青《あお》、赤《あか》に彩《いろど》られた四《よ》つ葉《ば》のクローバー。これは、小学館《しょうがくかん》ジュニア文庫《ぶんこ》のマークです。そして、それぞれの葉《は》の色《いろ》には、私《わたし》たちがジュニア文庫《ぶんこ》を刊行《かんこう》していく上《うえ》で、みなさんに伝《つた》えていきたいこと、私《わたし》たちの大切《たいせつ》な思《おも》いがこめられています。

オレンジは愛《あい》。家族《かぞく》、友達《ともだち》、恋人《こいびと》。みなさんの大切《たいせつ》な人《ひと》たちを思《おも》う気持《きも》ち。まるでオレンジ色《いろ》の太陽《たいよう》の日差《ひざ》しのように心《こころ》を暖《あたた》かにする、人《ひと》を愛《あい》する気持《きも》ち。

緑《みどり》はやさしさ。困《こま》っている人《ひと》や立場《たちば》の弱《よわ》い人《ひと》、小《ちい》さな動物《どうぶつ》の命《いのち》に手《て》をさしのべるやさしさ。緑《みどり》の森《もり》は、多《おお》くの木々《きぎ》や花々《はなばな》、そこに生《い》きる動物《どうぶつ》をやさしく包《つつ》み込《こ》みます。

青《あお》は想像力《そうぞうりょく》。芸術《げいじゅつ》や新《あたら》しいものを生《う》み出《だ》していく力《ちから》。立場《たちば》や考《かんが》え方《かた》、国籍《こくせき》、自分《じぶん》とは違《ちが》う人《ひと》たちの気持《きも》ちを思《おも》い、協力《きょうりょく》しあうことも想像《そうぞう》の力《ちから》です。人間《にんげん》の想像力《そうぞうりょく》は無限《むげん》の広《ひろ》がりを持《も》っています。まるで、どこまでも続《つづ》く、澄《す》みきった青《あお》い空《そら》のようです。

赤《あか》は勇気《ゆうき》。強《つよ》いものに立《た》ち向《む》かい、間違《まちが》ったことをただす気持《きも》ち。くじけそうな自分《じぶん》の弱《よわ》い気持《きも》ちに立《た》ち向《む》かうことも大《おお》きな勇気《ゆうき》です。まさにそれは、赤《あか》い炎《ほのお》のように熱《あつ》く燃《も》え上《あ》がる心《こころ》。

四《よ》つ葉《ば》のクローバーは幸《しあわ》せの象徴《しょうちょう》です。愛《あい》、やさしさ、想像力《そうぞうりょく》、勇気《ゆうき》は、みなさんが未来《みらい》を切《き》りひらき、幸《しあわ》せで豊《ゆた》かな人生《じんせい》を送《おく》るためにすべて必要《ひつよう》なものです。

体《からだ》を成長《せいちょう》させていくために、栄養《えいよう》のある食《た》べ物《もの》が必要《ひつよう》なように、心《こころ》を育《そだ》てていくためには読書《どくしょ》がかかせません。みなさんの心《こころ》を豊《ゆた》かにしていく本《ほん》を一冊《さつ》でも多《おお》く出《だ》したい。それが私《わたし》たちジュニア文庫編集部《ぶんこへんしゅうぶ》の願《ねが》いです。

みなさんのこれからの人生《じんせい》には、困《こま》ったこと、悲《かな》しいこと、自分《じぶん》の思《おも》うようにいかないことも待《ま》ち受《う》けているかもしれません。どうか「本《ほん》」を大切《たいせつ》な友達《ともだち》にしてください。どんな時《とき》でも「本《ほん》」はあなたの味方《みかた》です。そして困難《こんなん》に打《う》ち勝《か》つヒントをたくさん与《あた》えてくれるでしょう。みなさんが「本《ほん》」を通《つう》じ素敵《すてき》な大人《おとな》になり、幸《しあわ》せで実《みの》り多《おお》い人生《じんせい》を歩《あゆ》むことを心《こころ》より願《ねが》っています。

小学館ジュニア文庫編集部